講談社文庫

亥子《いのこ》ころころ

西條奈加

講談社

目次

亥子《いのこ》ころころ

夏ひすい

「よし、やるか」

木の大鉢《おおばち》を前に、治兵衛《じへえ》はすこぶる気合を入れた。

鉢には、上新粉《じょうしんこ》の雪山が築かれている。米粉は粒の粗さによって名が分けられる。もっとも細かなものが上用粉《じょうようこ》と呼ばれ、それよりやや粗いものが上新粉である。

向かい側から娘のお永《えい》が、片手で鉢を押さえつつ、少しずつぬるま湯を注《そそ》ぐ。新雪の山に雪解け水が流れ、治兵衛は力を込めて右手で山を押しくずした。

何十年ものあいだくり返し、からだは覚えているはずだ。しかし掌《てのひら》に返ってくる手触りは、どうにもしっくりこない。

『違う違う、こんなもんじゃない。おいらたちは、もっともっと旨《うま》くなるはずだ』

米粉の文句が、右手を通して伝わるようだ。きこえぬ声に煽《あお》られて、いっそう焦《あせ》りが募る。常より上新粉の量を少なく加減したのに、餅《もち》状になるまでに倍ほどの時がかかった。

夏場とはいえ、らしくない大汗が、いつしか治兵衛の額にびっしりと浮いていた。できた餅を口にふくみ、顔をしかめる。

「駄目だ……。これじゃあ、売り物にならねえ」

気負ったぶん、落胆も大きい。みるみるしぼんでゆく父親を、娘がなぐさめる。

「お父さん、そう焦らずに。今日が初めてなんですから、うまくいかなくてあたりまえですよ」

「そうよ、おじいちゃん。餅や飴《あめ》が作れなくても、他にお菓子はいくらでもあるわ」

小豆《あずき》の鍋に張りついていた、孫のお君《きみ》がふり返った。ことさら何でもないふうを装《よそお》ってはいるが、つやを帯びた団栗《どんぐり》のような目は、気遣《きづか》わしげに祖父の左手に注がれていた。

治兵衛が仕事場でころんで手首を痛めたのは、十日前のことだった。

土間から板間に上がろうとして、上がり框《かまち》に蹴つまずいたのだ。右腕に小豆を入れた大ざるを抱えていたために、とっさに逆の手を突き、とたんに激痛が走った。左手は治兵衛の重みを支えきれず、妙な具合にひねってしまったようだ。

「折れてはいないようだが、歳をとると骨がもろくなるからな、ひびが入ったやもしれん。念のため、しばらくは動かさぬよう気をつけなされ」

外科に長《た》けた近所の医者はそのように見立て、薄い蒲鉾《かまぼこ》板のような添え板二枚で、左手首をはさんで布を巻いた。一日二回替えるようにと、つけると妙にすうすうする、どろりとした塗《ぬ》り薬もお永にもたせた。

「利き手でなかったのは、むしろ幸いでしたね、お父さん」

医家からの帰り道、お永はそう言ってくれたが、治兵衛はらしくないほど落ち込んでいた。歳を考えると、治りが早いとは言い難い。力仕事は、できれば三月《みつき》は避けるようにと、医者に言われたからだ。菓子職人というものは、他人が思う以上に力が要る。餅を搗《つ》き、生地《きじ》をこね、飴のかたまりを引き伸ばし、大鍋で餡《あん》を混ぜる。ましてや娘と孫娘と三人で営む菓子屋だから、男手は治兵衛だけだ。

――おれも、六十三だ。いつお迎えが来てもおかしくねえし、そろそろ潮時か。

そんな弱音すら、心の底からゆらりと浮かんだ。

半蔵御門《はんぞうごもん》を背に、二丁目からとぼとぼと歩いた。麴町《こうじまち》は一丁目から十丁目まで、半蔵御門から四ツ谷《よや》御門を繫《つな》いで、ゆるく弧を描き、十三丁目までは四ツ谷御門の外にはみ出している。

六丁目の中ほどで右に折れ、狭い裏通りを少しゆくと、『南星屋《なんぼしや》』と書かれた、店の看板が見えてきた。

間口一間のささやかな店が、これほど頼りなく見えたことはなかった。

とはいえ、いつまでもしょげていられるほどの蓄《たくわ》えがないことは、かえって幸いだったのかもしれない。

お永とお君に強く勧められ、大事をとって三日だけは店を休みにしたが、そのあいだ近所の者たちや贔屓《ひいき》客なぞが、噂をきいて次々と見舞いに訪れた。

「無理をせず、十分に養生しておくれね。あたしゃ南星屋の菓子《こ こ》が、何よりの楽しみなんだからさ」

「それじゃあ、急《せ》かしているのと同じじゃねえか。焦らなくていいからな、親父さん。南星屋が休みのあいだは、少しはこいつの目方も減るだろうしな」

「まあっ、おまえさんたら！」

治兵衛のからだを厭《いと》いつつ、そんな漫才をはじめる夫婦《みょうと》もいれば、

「手を痛めたときききました故《ゆえ》、たいそう案じておりましたが、ひとまず達者な顔を見られて何よりでした。こちらの菓子は味が良いと、先様に喜ばれて、手土産《てみやげ》としても重宝しておりますから」

わざわざ武家の奥方がやって来て、見舞金を置いていったこともある。

麴町の北側には、番町《ばんちょう》が広がる。名のとおり大番《おおばん》や書院番《しょいんばん》などの、番方《ばんかた》に与えられた屋敷地である。旗本《はたもと》ほどの身分なら、大きな構えの上菓子店で折詰めの品を購《あがな》うところだが、江戸でも屈指の武家地である番町には、貧しい御家人《ごけにん》も多く、やはり贔屓にしてくれていた。

「細工は無理だが、力仕事なら任せてくれ。餅搗《もちつ》きくれえなら、朝飯前だ」

手伝いを買って出る者も少なくなく、実際、出職《でしょく》の職人衆に頼んで、二度ほど餅を搗き、大福や草餅にしたこともある。

弱っているときほど、人の親切が骨身にしみ、また何よりの励みになる。

もともと長くは休んでいられない懐《ふところ》事情もあるが、四日目から早々に店を開けたのは、自分の菓子を心待ちにしてくれる者がいる、その有難さをいまさらながらに嚙《か》みしめたからだ。

菓子部屋に、膏薬《こうやく》のにおいをもち込むわけにはいかない。仕事場に入るときだけは、白布と添え板を外し、入念に手を洗って膏薬を落とした。

毎日二種ずつ拵《こしら》えていたものを、ひとつに限り、餅搗きを助《す》けてもらった二日を除けば、娘と孫の介添えを得て、片手でどうにか仕上げられる菓子ばかりを選んだ。

が、そろそろ苦しくなってきた。

看板菓子を掲げ、それ一本で勝負する菓子屋もあるが、南星屋はそういう店ではない。

商うのは、治兵衛が諸国をめぐって見覚えた、さまざまな土地の菓子であった。季節ごとに十《とお》ほどの品を見繕い、仕入れた材とその日の天気、井戸水の味。さらには治兵衛の気まぐれも加味されて、ふた品を拵える。むしろ毎日の変化こそが売りであるというのに、連日、似たような菓子ばかりでは、客の楽しみも半減しようというものだ。

餅菓子ひとつとっても、大福や草餅なら杵《きね》と臼《うす》で事足りるが、それは餅菓子のほんの一部だ。米粉、小麦粉、道明寺《どうみようじ》といった粉から作るものもたんとある。求肥《ぎゆうひ》や饅頭《まんじゆう》も、やはり手ごねが必要で、量を稼ぐには片手ではいかんともしがたい。飴や煎餅《せんべい》のたぐいも同様だ。

かと言って、明らかに味の落ちる代物《しろもの》は、職人としての誇りが許さない。

道具ひとつ変わっただけで、味に差が出てくる。ましてや何よりの道具たる手が不自由となれば、いかんともしがたいのだが、慣れるより他にやりようもない。

十一日目にしてはじめて、覚悟を決めて上新粉に挑んでみたが、結果は思う以上に散々だった。気落ちする祖父を、見ていられなかったのだろう。おどけた調子でお君が言った。

「大丈夫よ、おじいちゃん。多少不出来でも、おじいちゃんの菓子なら何だって美味《おい》しいって、食べてくれる人がいるでしょ」

「そいつは、五郎《ごろう》のことかい？」

「ええ、そうよ。お坊さんのくせに、いっこうに菓子の煩悩《ぼんのう》がとれなくて、牛込《うしごめ》からせっせと通ってくるんですもの」

「菓子の煩悩とは、たしかに言い得て妙だ」

思わず顔がにやつき、お永までが手の甲で口を覆う。

五郎は治兵衛の弟で、法名は石海《こっかい》という。去年までは麴町にも近い大刹《たいさつ》、四ツ谷相《しょう》典寺《てんじ》で住職を務め、それだけ位の高い僧なのだが、お君には甚《はなは》だ軽く扱われている。それを不服としながらも、五日に一度は顔を見せるところをみると、内心ではお君とのやりとりを楽しんでいるふしがある。去年の末、自ら望んで牛込の小さな寺に移ったが、幼いころからの甘味好きだけは変わらず、治兵衛の菓子を何よりも好んでいた。

「昨日だって、寒天《かんてん》ばかりでは味気ないなんて言いながら、寒天でくるんだ餡玉《あんだま》を六つも食べたのよ。お釈迦《しゃか》さまだってびっくりだわ」

「お君、その辺にしておきなさい。相典寺を退いても、やはり徳の高いご住職には変わりないのですから」

娘をいましめながらも、お永もやはり笑顔のままだ。仕事場の空気がほころんだのを見てとると、お君は安心したように竈《かまど》の前を離れた。

「おっかさん、あたし、先に表の掃除をしてくるわ。小豆の鍋を頼んでもいいかしら」

「あとは弱火で煮込むだけでしょう？　構いませんよ」

お君が仕事場を出ていくと、やれやれ、と治兵衛は声に出した。

「孫に気を遣われるようじゃ、おれもいよいよ焼きがまわったな」

「同じ屋根の下にいるんですから、あたりまえですよ」労《いた》わるようにお永が言った。

「しかし、どうしたもんかな」

大鉢の中でつくねんとしている餅をながめ、またぼやきがもれた。

「やっぱり、人を頼んではどうですか。お父さんの伝手《つて》を当たれば、ひとりくらい見つかるでしょう？」

お永は万事に奥床《おくゆか》しい。差出口《さしでぐち》を利くなど滅多になく、たぶん何日も考えた上での助言に違いない。それでも治兵衛は、すぐにはうなずけなかった。

「人を雇えば、儲《もう》けどころか足が出ちまう。ひと月くれえならどうにか凌げようが、おれも歳だ。医者の見立てより、治りが芳《かんば》しくねえとしたら、三月、四月《よつき》、いや、ことによると半年くれえもかかっちまうかもしれねえ」

治兵衛の代わりを務めてくれる、まっとうな職人を雇うとなると、相応の給金を払わねばならない。

半年となれば、わずかな蓄えが底をつき、借金をするしかないのは目に見えていた。

しかし快癒《かいゆ》するまで店を閉めれば、それこそひと月経たずに日干《ひぼ》しになる。

「でも、お父さん。お父さんが何より望んでいるのは、お客さんが喜んでくださる顔でしょう?」

「お永……」

「私やお君も、同じですよ。口はばったいようですけど、後々、悔いを残さないやり方が、長い目で見ればいちばん良いと思いますよ」

満足のいかぬ菓子を商うくらいなら、家計の切り詰めなど、たいした問題ではないと、お永は言ってくれた。

「あと三日で、月に一度の『南天月《なんてんづき》』の売り出しですし、月半ばには嘉祥《かじょう》菓子も作らないと。お父さんが一日も早くと考えたのは、そのためなのでしょう？」

「まあな」

毎月七日と八日には、この店の看板菓子である南天月を拵《こしら》える。また六月十六日には嘉祥を控えている。このころは暑さが増す時期で、病《やまい》にもかかりやすい。病除《よ》けのために、宮中ではお供えの餅や菓子を食べる風習があった。

いまではすっかり、武家から下々までが心待ちにする日となって、江戸城では、五百畳もの大広間にずらりと菓子をならべ、参上した大名旗本に、十六種の菓子が配られる。町屋ではもっとささやかな形となり、銭十六文で購った菓子を食する習慣となった。

庶民の場合は、羊羹、饅頭、大福と、菓子の種類にはこだわりはないが、常よりいくぶん形をととのえた品が、嘉祥菓子として菓子屋の店先に並べられる。誰も彼もが菓子を求めに来るから、南星屋も毎年この日は、いつもの倍ほどの数を仕度《したく》する。

いわば年に一度の菓子の日で、店にとってのかき入れどきはもちろんだが、それ以上に、桃や端午《たんご》の節句《せっく》同様に、菓子屋にとっては大事な日だ。そんな折に、納得のいかぬ品を並べるくらい、職人にとって恥ずかしいことはない。

「そうだな、お永……そうするか」

焦りやら不安やら苛立《いらだ》ちやらが、この十日のあいだに固く玉になって胸の中にしこっていた。娘の声は、そのきつい結び目を弛《ゆる》めてくれた。

この地に店を開いて、今年でちょうど二十五年目にあたる。いわゆる菓子屋組合に名を連ねるほどの大きな構えではないものの、同業との長年のつきあいはあり、話を通せば人を見繕ってくれよう。

「今日にでも、菓子屋仲間に当たってみるよ」

ええ、とお永は、ほっとしたようすで微笑《ほほえ》んだが、バタバタと派手な足音に、すぐに顔をしかめた。

「何です、お君、騒々《そうぞう》しい。十八にもなって、子供みたいに走る人がありますか」

日ごろから落ち着きとは無縁の娘に、もっともらしい小言をこぼしたが、お君はそれどころではないと訴えた。

「大変なのよ、おじいちゃん、おっかさん！」

「どうしたい、お君。またおいまちゃんから、耳新しいことでもきいたのかい」

お君と仲良しの、袋物屋の娘の名を出して軽くいなしたが、お君は無闇《むやみ》に頭《かぶり》をふった。

「そんな呑気《のんき》なことじゃないったら。店の外に、男の人が倒れているのよ！」

「何だと？」

「倒れてるって、まさかお君……」

「行き倒れ、みたいなの……死んでたら、どうしよう……」

孫娘の顔が情けなくゆがみ、はじかれたように治兵衛は、娘とともに外に出た。


「おい、おまえさん、しっかりしなせえ！」

南星屋と隣家の境目には、大きな用水桶が置かれている。その男は、まるで軒《のき》を借りることすら遠慮するように、大樽《おおだる》の陰にくの字になって伸びていた。

日の出前とはいえ、今日は大暑《たいしょ》にあたる。一年中でもっとも暑いとされるこの時期に、ひとりだけ凍《こご》えてでもいるように青白い。お君は怖くて近寄れなかったようだが、治兵衛が確かめると、幸い息はあった。

「お父さん、隣近所もそろそろ起き出す頃合ですし、大家さんを呼んできては？」

「お医者さんを連れてきた方が、よくはない？　この人どう見ても、具合が悪そうよ」

背中で女ふたりがそんな相談をしはじめたとき、何度目かの治兵衛の呼びかけに、男のまぶたが動いた。

「よかった、気がつきなすったか。大丈夫かい、おれの声がきこえるか？」

虚《うつ》ろな瞳が、辛《かろ》うじて治兵衛を認め、うめき声がもれる。耳を相手の唇《くちびる》に近づけると、どうにかくみとれた。

「み、水を……」

「わかった、水だな。ちょいと待ってな。お君、裏の井戸から水を汲《く》んできてやりな」

はい、と返すより早く、お君が走り出し、待つほどもなく水の入った柄杓《ひしやく》を携《たずさ》えて戻ってきた。

治兵衛が口許《くちもと》へ運ぶと、ひと口すすり、初めて正気に返ったかのように、わずかに目を見開いた。

「うまい……」

「ああ、おれが見込んだ井戸だからな」

御上《おかみ》が通した上水ではなく、もっと深く掘り込んだ井戸だ。雨天でも濁りは少なく、また味もいい。この水に惚《ほ》れ込んで、この場所に店を開いたのである。

治兵衛が目で微笑むと、男はひどく生真面目にうなずいた。後はものも言わず、喉《のど》を鳴らして柄杓を傾ける。いくぶん安堵《あんど》したのか、お君が冗談を口にする。

「いくら喉が渇いても、この桶に頭を突っ込む真似はしなかったみたいね」

「お君ったら、あたりまえですよ。分別のある大人が、そんな真似をするものですか」

用水桶の水は、雨水やら樋《とい》の水やらが混じっている上に、夏場ともなればボウフラもわきやすい。

見たところ、四十前後と思《おぼ》しき男は、お永が評したとおり、ものをわきまえているのだろう。柄杓を口から離し、口許《くちもと》を拭《ぬぐ》うと、有難そうに礼を述べた。

「おまえさん、どこのお人だい？　江戸じゃあ、ねえんだろ？」

治兵衛がそう水を向けたのは、男が旅装束《たびしょうぞく》だったからだ。

「京から来ました。江戸には昨日、着いたばかりで……」

ほう、とだけ治兵衛は受けた。男に西の訛《なま》りはなかったが、詮索《せんさく》するつもりもない。相手も長居する気はないようだ。

「ご厄介《やっかい》をかけやした。あっしはこれで……」

片手をついて腰を上げたものの、すぐに膝《ひざ》が崩れる。一杯の水で多少の元気は得たものの、顔色は相変わらず冴《さ》えない。

「あんた、どこか具合が悪いのかい？　夏風邪《なつかぜ》かい、それとも食当たりかい？」

治兵衛の心配顔を、別の意味にとらえたようだ。行き倒れが、悪い流行《はや》り病を抱えているのは、ままあることだ。病のたぐいではないと、急いで否定した。

「小田原《おだわら》で護摩《ごま》の灰にやられて、財布を奪われちまいまして」

護摩の灰とは、街道を往く旅人の懐を狙う、盗人《ぬすっと》のことを言う。旅の終わりなのが幸いし、財布にはたいした額は残っておらず、旅の心得で、多少の金は別の場所に隠していたという。どうにか旅は続けられたものの、安宿と渡し船の船賃で底を突いた。

「小田原といや、江戸から丸二日はかかる……まさかそのあいだ、飲まず食わずで？」

男がばつの悪い顔でうなずいて、一家三人はあらためて仰天した。昨日、江戸に着いたなら、正味三日ということになる。

「先を急いでいましたし……江戸の見知りを訪ねれば、何とかなると思ってやしたから」

「そのお見知りってのは、どこにいなさるんだい？」

「表《おもて》六番町通りときいてたんですが……」

「いやだ、番町と言ったら、江戸でも名うての込み入った場所なのよ。江戸に来たばかりなら、迷ってあたりまえだわ」

「近所のはずの私たちですら、よくわからないくらいですからね」

お君が頓狂《とんきょう》な声をあげ、お永もまた娘に続く。

麹町の北側に広がる武家地を、番町と称するが、御堀端《おほりばた》一番町だの新道《しんみち》二番町だの、内は十町以上にも分かれている。しかし武家屋敷が五百軒以上も軒を連ねている上に、一軒の敷地はかなりの広さになる。一歩入れば、四方に果てしなく塀が続いているだけで、表札が出ているわけでもない。昼間でも往来が少ないから、道をたずねる者にも事欠く始末だ。

『番町にいて番町知らず』だの、『問わぬは恥ぞ番町の道』だのと、川柳《せんりゅう》に歌われるほどの町なのだった。

昨日の昼から番町を歩きまわったが、目当ての屋敷は見つからなかった。日が暮れたころには疲れきり、道端で座り込んでいたが、夜更《よふ》けに通りかかった数人の武家に咎《とが》められ、追い払われたという。どうにか町屋まで——麹町まで辿《たど》り着いたものの、そこで力尽きてしまったと、面目なさそうに男は語った。

「番町の内を知るのは、飛脚衆《ひきやく》だけだろう。仕込みが終わったら問屋を訪ねてやるから、それまで奥で休んでいなせえ」

「何よりもまず、ご飯を食べないと。飛脚問屋ですら行き着けやしない。すぐにご飯を炊《た》くわね」

「すきっ腹にいきなり詰めては、お腹に障《さわ》りますよ。少し暇《いとま》はかかるけれど、お粥《かゆ》にしましょう」

「いや、見ず知らずのお方に、そこまで甘えるわけには……」

男はにわかにうろたえたが、お君は祖父の背中に張りつくようにしゃがむと、肩越しに相手を覗《のぞ》き込んだ。

「そういえば、お名をきいていなかったわ。何と仰《おっしゃ》るの？」

「雲平《うんぺい》と、申します」

「雲平さんね」と、はずんだ声でお君が応じる。「うちはね、おじいちゃんが治兵衛で、おっかさんは永、で、あたしは君……これで見ず知らずじゃなく、見知りおきになったでしょ？」

見なくとも、背中の孫がどんな表情をしているか、手にとるようにわかる。毎日の客あしらいで見せる、親しみのこもった笑顔だ。邪険《じやけん》に突っぱねられる者など、まずいない。

「肩を貸すよ、雲平さん。立てるかい？」

頭を下げて、雲平は促されるまま、治兵衛の肩に腕をまわした。


「粥ができるまで、しばらくここで休んでてくんな」

ひとまず、治兵衛の寝間に連れていった。母屋《おもや》の奥半分は仕事場になっており、あとは娘と孫の寝間と、居間があるきりのささやかな住まいである。

「遠慮はいらねえから、楽にしててくれ。おれたちは仕事場や台所にいるからな」

お君は張り切って、台所で朝餉《あさげ》の仕度にかかり、お永は火から外しておいた小豆の鍋を見に行った。ありがとうございます、と雲平はふたたび頭を下げる。

とび抜けて大きな男ではないが、そこそこの上背《うわぜい》がある。抱え上げたときに感じたが、締まったからだつきをしていた。雲平は立ち上がるときだけは治兵衛の肩を借りたものの、あとは大丈夫だからと固辞して、多少覚束《おぼつか》ない足取りながらも自力で歩いた。

「このにおいは、小豆ですかい？」

行こうとする治兵衛を、独り言のような雲平の声が引きとめた。うん？　とふり向く。

「ああ、そうだが……気になるかい？　うちじゃあ、毎朝炊く飯と同じほどに、なじんだにおいなんだが」

すでに半刻《はんとき》近くも煮込んでいるから、家中に小豆のにおいがただよっている。それでもまだ、半ばにすら至っていない。餡作りは、毎日一刻以上もかかる根気のいる作業だった。

「こちらはもしや、菓子店《だな》ですかい？」

「ああ。このとおり、一家三人きりの小さな構えだがな」

「そうでしたか……」

と、ひどく感慨深い顔になる。治兵衛は改めて、相手をとっくりとながめた。

太い眉《まゆ》や締まった口許が、男くささを感じさせる。それでいて肌の焼け具合や、粗さのない態度と言葉つきからすると、出職《でしょく》ではなさそうに思えた。

上戸《じょうご》の中には、甘いものが苦手な者もいる。砂糖や餡の煮える、甘ったるいにおいだけで辟易《へきえき》するという者も中にはいて、そういう手合いだろうか、とも考えた。

「もしかして、気に障るかい？　障子を閉めれば、少しはましに……」

「いや、逆でさ。小豆の炊けるにおいは、京にいたころも毎日でしたから」

「毎日だって？　おまえさん、京では何をしてたんだい？」

「……実は、あっしも同業でさ」

え、と思わず、男をまじまじと見つめていた。

「てこたぁ、菓子職人かい？」

へい、と、少し照れくさそうに、盆《ぼん》の窪《くぼ》に手をやった。

「こいつはたまげた！　本当かい？」

「とはいえ、しがねえ渡り職人で。十年の修業は終えたものの、どうもひとつ処《ところ》に落ち着けない性分で……かれこれ十三年も、半ちくな暮らしを続けてまさ」

申し訳なさそうに語ったが、治兵衛はまるで、懐《なつ》かしい竹馬《ちくば》の友に出会えたような心地がした。

「なんだ、おまえさんもかい！　おれも同じだよ。この店を持つまでは、十六年のあいだ、渡りをしながら諸国をまわっていた」

「旦那《だんな》さんが、ですかい？」

それまであまり気持ちが見えてこなかった面《おもて》に、初めて大きな驚きがよぎった。

十歳から二十歳《はたち》まで、上野《うえの》山下《やました》の大きな菓子屋で修業し、二年のお礼奉公を終えて、修業の旅に出た。菓子屋に限らず職人は、概《おおむ》ね三年ほどのあいだ、他所《よそ》の土地で修業し、見聞を広めるのはままあることだ。しかし治兵衛の旅の虫は、三年が過ぎてもいっこうに収まらなかった。

　上方から四国、九州へ。あるいは北陸やみちのくへも旅した。先々の菓子屋で働き口を見つけ、一年働いては半年のあいだ旅をする。そんな暮らしを十六年も続けたのには、あるわけがあった。

「諸国には、その土地ならではの面白い菓子がたんとある。国中の菓子を味わってみてえなぞと、大それた望みを持っちまってな」

「そうでしたか……いや、気持ちはわかりまさ」

同じ菓子職で、しかも境遇が似ているとなると、他愛《たあい》ない相槌《あいづち》ですら嬉しくて仕方がない。しばし若いころの旅を、思いつくままにあれこれと語っていた。

　旅先で出会った菓子に舌鼓《したつづみ》を打ち、菓子の絵を帳面に描きつけては、拵え方を模索する。一家相伝の一品《ひとしな》となれば、己《おのれ》で思案をくり返すしかないが、土地の名物となり商う店が多ければ、さほど手間暇のかからぬものも多く、たずねれば気軽に教えてくれることすらある。そうやって書きためた菓子帳は、いまの治兵衛には何よりの財産となっていた。

「あんたはどの辺りを回ったんだい？」

いつのまにか口調も打ちとけて、治兵衛はたずねていた。

「ほんの四つ、五つの土地だけで、旦那さんには遠くおよびやせん」

雲平は、一ヵ所に三年ほど留まり、また次の店へ移る。そのくり返しだったというから、いわゆる治兵衛のような旅暮らしとは違う。それでも同じ街に居着いたことはなく、加賀金沢《かがかなざわ》から備前岡山《びぜんおかやま》へ、次は尾張名古屋《おわりなごや》へと、やはり各地を巡っているのは同じだった。

「江戸へ来る前は、京の菓子屋に二年いて、もう一年くらいは世話になるつもりでしたが……」

治兵衛と同様、心安い気配がただよっていたのが、思い出したようにふっと顔を曇らせた。

「そういや、江戸への道を急いでいたと言ってたな。何か、わけがあるのかい？」

たずねたが、重そうな唇からこたえが返るより前に、廊下に軽い足音が響いた。

「もう、おじいちゃんたら、いつまで油を売ってるつもり？　おじいちゃんが張りついていちゃ、雲平さんが休めないいんじゃないかって、おっかさんが気を揉《も》んでいてよ」

「おっと、こいつはすまねえ。つい、要らぬ長《なが》っ尻《ちり》を据えちまった」

たぶん、口を利くのも億劫《おっくう》なほどに疲れきっているだろうに、雲平は律儀《りちぎ》につき合ってくれた。気遣いが足りなかったなと内心で自省して、治兵衛はどっこらしょと腰を上げた。

「早えとこ仕込みを終えないと、昼九つの店開きに間に合わねえな」

「おじいちゃん、無理しないでね。左手はまだ、本調子じゃないんだから」

と、お君がよけいな一言を添える。雲平は、気遣わしげに顔をしかめた。

「お怪我《けが》を、なすったんで？」

「十日ほど前にな。歳はとりたくねえもんだな」

「片手では難儀でしょう。良ければ、何かお手伝いを……」

遠慮がちに申し出てくれたが、治兵衛より早く、お君が断りを入れた。

「だめです。雲平さんは、ご飯を食べるのが先よ。お粥はもう少し暇がかかるけれど、空《す》きっ腹は辛《つら》いでしょ？　少しは腹の足しになるかもしれないって、おっかさんが」

お君が椀《わん》を載せた盆を、畳に置いた。椀から、甘い湯気が立ちのぼる。

それまで行儀のよかった喉が、ごくりと上下して、伸びた両手が、大事そうに椀を包んだ。

いた。

「いただきます」

ひと口すすり、その味をからだ中にしみわたらせるかのように、長く大きく息を吐《は》いた。

「うまい……こんなうまい小豆汁は、生まれて初めてでさ」

小豆のゆで汁に、砂糖を加えた。ただそれだけの、水で薄めた汁粉《しるこ》のような代物だが、雲平はまるでこの世の甘露《かんろ》を味わうみたいに、ひと口ずつ大事にすすった。消化に悪い小豆をあえて入れなかったのは、お永らしい細やかな気遣いだ。

「そういや、お君も子供のころ、あのゆで汁が大好きだったな」

小豆がゆで上がり、皮の破れ目から、豆の中身が湯に溶け出す。とろみを帯びたその汁に、砂糖を入れてもらうときはわくわくしたと、てらいなくお君が語る。

「おじいちゃんは、せがめば砂糖をはずんでくれるのに、おっかさんはご飯が食べられなくなるからって、ひと匙《さじ》しか入れてくれなくて」

「おっかさんはけちんぼだって、よくふくれっ面《つら》で訴えていたな」

幼いむくれ顔を思い出し、治兵衛の口許がゆるむ。

ふたりのやりとりに、雲平は目を細め、椀を置いた。

「この味は、一生忘れやせん。ご馳走《ちそう》さまでした」

まるで高名な茶人の点《た》てた一服のように、雲平はふたりに向かって、ていねいに頭を下げた。

「お君ったら、また戻ってこないわ。十八にもなって、困ったものね」

粥を携えて行ったきりの娘に、お永がため息をこぼす。

きっと雲平が粥を食べるあいだ、給仕の名目で張りついて、旅の話なぞを面白がってきいているのだろう。自分もさっき、同じ真似をしたばかりだ。つい口許に笑い皺《じわ》が浮いた。

「まあ、あとはこいつを丸めるだけだからな。おれたちだけでも、どうにか間に合うだろ」

火から下ろしたトロリとした葛を、手水《てみず》を使いながら右手ですくい、左手に載せた。餡を詰めて丸め、葛饅頭に仕上げる。力仕事は無理でも、饅頭を拵えるくらいはできる。とはいえ、やはり手早さに欠け、向かい側に座るお永は、治兵衛の倍ほどの速さで饅頭の数を増やしてゆく。

葛のひんやりとした舌ざわりもさることながら、葛の最上とされる吉野《よしの》葛が出回る時期が夏と秋に限られる。葛菓子は、夏には似合いの菓子であった。葛は砂糖と一緒に火にかけて、鍋の中で良く練るだけだから、片手でもどうにか拵えられる数少ない菓子のひとつだった。

「手伝い云々《うんぬん》ばかりでなく、ろくに知りもしない男の人と、座敷にふたりきりで長居するなんて、迂闊《うかつ》過ぎますよ」

いかにも母親らしい心配をしていたようだ。

「同じ菓子職人だから肩をもつわけじゃねえが、あれは悪い男じゃないよ」

「雲平さんを、どうこう言うつもりはありません……ただ、あの子の心構えがあまりにも頼りなくて」

孫は可愛《かわい》がるだけでいいが、親はそうもいかない。お永は決して口うるさい女ではないのだが、お君のこととなると、黙ってばかりもいられないようだ。もしかするとそれも、お君が片親で育ったためかもしれない。お永が夫と離縁して、この家に戻ってきたのは、八年前のことだ。女手ひとつで、父親の代わりも務めなければならない。治兵衛が甘い分、自分は厳しくしなければと、そんな気負いが見え隠れする。

「ここんとこ、お君もいつも以上に働いてくれたからな。たまにはいいさ」

「お父さんは、あの子を甘やかし過ぎですよ」

お永にはよく咎《とが》められるのだが、爺《じじい》の常で、孫娘にはどうも甘くなる。ただ、理由はそれだけではなかった。

「たった十七、八で、辛い目に遭ったんだ。ああして屈託なく笑ってくれるだけで、おれには御《おん》の字だよ」

「お父さん……」

お君の縁談が駄目になったのは、去年のことだ。いまはすっかり明るい気性をとり戻しているが、一時は赤剝《あかむ》けの肌を晒《さら》してでもいるように、痛々しいほど傷ついていた。破談の原因を作ったのは、他ならぬ治兵衛である。孫娘の朗らかさに助けられてはいるものの、自責の念は未だにくすぶっている。お君が喜んでくれるなら、水飴漬になるほど甘やかしてやりたい――。

「お君は他人に物怖《ものお》じしねえからな。ふいの客は、いい気晴らしになる。放っといてやんな」

他人の気持ちに、誰よりも敏《さと》い娘だ。父親の思いを、お永は正確に察しているのだろう。

わかりました、と素直に応じ、杞憂《きゆう》を払うように自ら話を変えた。

「そういえば、お父さん、あれはどうします？」

「そうだなあ。売り物にはできねえし……蒸《む》し直してから黄《き》な粉《こ》でもまぶして、ご近所に配ろうか」

視線の先には、できそこないの新粉餅がある。そうですね、とお永もうなずいたが、ぱたぱたと廊下を駆ける足音が近づいてきて、仕事場の入口にかけた暖簾《のれん》のあいだから、お君が顔を出した。

「ねね、おじいちゃん、雲平さんがね」

「お君ったら、廊下を走るなと、さっき言ったばかりですよ」

いったん矛《ほこ》を収めたはずが、娘を前にすると、つい口が酸っぱくなる。お君も慣れたもので、ぺろりと舌を出し、肩をすくめる。

「でもね、おっかさん、そのかわいそうな新粉餅のことで、雲平さんが面白いことを思いついたのよ」

「かわいそうとは、言い得て妙だな」

思わず、顔がにやついた。

「すいやせん……要らぬ差出口を挟むつもりは、なかったんですが……」

声は、色の褪《さ》めた赤い暖簾の向こう側からきこえてくる。お君が中に入るよう促しても、雲平はその場から動こうとはしなかった。

「職人にとっちゃ仕事場は、神社の本殿ほどに大切な場所です。他所者《よそもの》が、迂闊に足を踏み入れちゃ、罰《ばち》が当たりやす」

　大きな老舗《しにせ》の菓子屋なら、たしかにそのとおりだろう。中には一子相伝で守り抜いた秘伝の品もあろうし、代々受け継がれた技や材の按配《あんばい》は、まさにその屋にとっては護符《ごふ》に等しい何よりの宝だ。同じ菓子職人ならなおのこと、盗まれぬよう、滅多なことでは仕事場に入れないものだ。しかし治兵衛は、鷹揚《おうよう》に告げた。

「うちは別に構わねえよ。おれの菓子は、もともとは他人様《ひとさま》からいただいたものだ。見られて困るもんは何もねえよ」

「ね、うちのおじいちゃんは気にしないって、あたしの言ったとおりでしょ」

　お君が腕を引っ張るようにして、雲平を仕事場の中に引き入れる。

「娘が無理をさせてすみません。お加減はいかがですか？」

「おかげさまで……美味しい粥のおかげで、力がつきました。ありがとう存じます」

　と、お永に向かって、きちりと頭を下げた。

「で、面白い思案てのは、何だい？」

「いや、特に目新しいもんじゃありやせんが……『ひすい』という菓子をご存じですか？」

「ひすい……きいたことがあるな」

と、娘に首を向けた。治兵衛が書き記した菓子帳は、ごく薄い横綴《と》じの帳面だが、七十二冊にもおよぶ。これを誰よりも諳《そら》んじているのは、この菓子帳を子供のころから飽きずにながめて育った、お永である。

「第七の十八、越前《えちぜん》の菓子に、ひすいとありましたよ」

期待どおり、まるで歌でも詠《よ》むように、淀《よど》みなくお永がこたえる。

「ひすいってのは、緑色をした、あの翡翠《ひすい》のことかい？」

「お父さんの描いた絵は、白い丸餅のような姿でした。名も仮名で書かれていましたし」

ただし食べた覚えはないと、用心深くこたえる。第七と数が若いから、おそらくはお永が物心つく前に書かれたものだろう。

「あっしが食べたひすいも、やっぱり白い丸餅でした。ただ、場所は尾張名古屋ですが」

老夫婦が、小さな茶店で商っていたが、意外なほどに味がよかったから覚えていたと、雲平は語った。丸く平べったい丸餅の真ん中に砂糖を入れ、胡麻《ごま》油で揚げたものだという。お永が菓子帳から記憶していたひすいも、ほぼ同じ代物だった。

ひすいという菓子の名は、治兵衛も、そして雲平も、他ではきいた例《ためし》がない。

えな」

「山に阻《はば》まれちゃいるが、越前と尾張は案外近い。元を辿《たど》れば、同じものかもしれね

治兵衛はそう、ひとり言《ご》ちた。亭主の養い親から作り方を教わったとかで、名古屋の老夫婦もまた、菓子の謂《いわ》れについては何も知らなかったが、雲平は幾度か通い、この揚げ餅のこつを会得《えとく》した。

「作り立ての餅を油に投じれば、大方はじけてしまいやす。どうしてひすいは、はじけねえのかと不思議に思っておりやした」

餅は焼いたり揚げたりすると、あたりまえのようにふくらむものだ。焼き餅、揚げ餅と言えば、まず煎餅を思い出すが、煎餅種となる餅は、薄切りにして幾日も乾燥させねばならない。つまりは餅の中の水分が、破裂のもととなる。餅がカチカチになるまで水気をとばし、型を大きくして網焼きにしたものが煎餅であり、小さなものを炒《い》ったり揚げたりしたものが、あられである。治兵衛はそれを思い浮かべながら、雲平の話に相槌を打った。餅の中身がとび出してしまっては、どうしても形が不格好になり、売り物にならない。それで名古屋の茶店では、あるひと手間をかけていた。

「その夫婦は、餅を揚げる前に、焼いてました」

「揚げる前に、焼くだと？」

「二枚の鉄板《てついた》で挟むようにして、焼くんでさ。そいつを二度、くり返してやした」

「なるほど……言わば二度焼きして、餅を乾かすわけか」

「でも、おじいちゃん、焼いてるうちに、それこそ中身が出てきやしない？」

お君の指摘はもっともだ。鉄板で焼くときの、火の加減が難しく、また揚げるときにも、胡麻油の温度を低めにするのが肝心《かんじん》だと、雲平は言った。

「お父さんの菓子帳にも、似たようなことが書いてありましたよ。焼きは一度とだけあって、鉄板を使うといった、詳しい書きようではありませんでしたが」

「ほお、そうかい」

なにせ何十年も前のことで、今日まで思い出すことすらしなかった菓子だ。己で記したくせに、まったく記憶に残っていないが、それでもお永が言うなら間違いはなかろう。

「あっしも、てめえで拵えたことはありやせんが、横に張りついて、炭の具合や鉄板を外す按配は会得したつもりです」

「うん、たしかに面白そうだ。雲平さん、ひとつ頼めるかい」

「へい、精一杯やらせていただきやす」

治兵衛とお君は笑顔になったが、お永だけは、逆に顔を曇らせた。

「ですが……大丈夫ですか？　ずいぶんと無理をされていたようですし、まだ、おからだがきついのではないですか？」

つい孫に乗せられて、一緒に音頭取りをしてしまったが、たしかにお永の言うとおりだ。しかし雲平は、お永にこたえた。

「お気遣い、痛み入りやす。ですが、もう平気でさ。旨い粥でからだが戻りましたし……何よりもあの小豆汁は、五体にしみやした」

「粗末な椀ですが、気に入っていただけたなら、ようございました」

「甘いものの有難みを、改めて嚙みしめた心地がしました。てめえが菓子職であることが、何やら誇らしく思えやした」

目を落とし、独り言のように訥々《とつとつ》と語る。そのぶん真っ直ぐな気持ちが、伝わるようだ。

「だから、いますぐお菓子を作りたくてたまらない。雲平さんは、そう言いたいのよね？」

足りないところを補うように、お君が口を出す。へい、と雲平は、小さくうなずいた。

お永もそれ以上は止め立てせず、それではお言葉に甘えて、と頭を下げた。雲平がたすき掛けになると、お君が治兵衛に言った。

「ねえ、おじいちゃん、せっかくひすいというのだから、やっぱり緑色を足してはどう？」

「緑って……抹茶《まっちゃ》でもふるのかい？」

「悪くはないけれど、お抹茶はちょっと苦いでしょ？　いま時分なら、青豆がいいと思うの」

「ふむ、うぐいす餡か……悪かねえな」と、治兵衛は顎《あご》を撫《な》でた。

青豌豆《あおえんどう》から作る餡を、うぐいすと呼ぶ。いわゆる東北でよく見られる『ずんだ』と似ているが、こちらは枝豆を材としていた。

固い小豆と違い、青豌豆なら煮潰すにも、たいして時はかからない。葛饅頭は、ほぼでき上っている。いまからお君を近所の八百屋に走らせても、雲平が餅を仕上げるまでに、餡を拵えることもできるだろう。お永もまた、遠慮がちに後押しする。

「そうね、見た目もきれいだし。名もそのままではなく、『夏ひすい』なんてどうですか？」

「どうだい、雲平さん？」

「へい、良い思案だと思いやす」

菓子職同士の、ふたつ返事が心地よい。

「よし、お君、八百屋までひとっ走り頼めるかい？　このざる一杯で足りるだろ」

大ぶりのざるを渡すと、任せて、とお君は小走りに仕事場から出ていった。

「本当にもう、あんなに裾《すそ》を蹴散らせて……あんな恰好で往来を走りでもしたら、どうしましょう」

お永の小言が増えたのは、思えば縁談がこわれてからだ。たぶん治兵衛とは逆の方法で、娘を守ろうとしているのだろう。口さがない世間の的にならぬよう、身を慎《つつし》めと伝えたいに違いない。承知の上で治兵衛はお永に言った。

「今日ばかりは、大目に見てやんな。おれも十《とお》ほど若ければ、走り出していたところだよ」

「まあ、お父さんたら」

こんなに浮き立った気持ちで、菓子にとりかかるのは、怪我をしてから初めてだった。

さっきまで物憂《ものう》げに見えた餅までが、鉢の中で張り切っていた。

昼の鐘とともに、店の板戸が外された。

「皆さま、お待たせ致しました。本日も南星屋にお運びいただき、ありがとうございます」

よく通るお君の声が口上を述べ、日盛りにもかかわらず、店の前にはすでに長い列ができていた。ほとんどが馴染《なじ》みの客で、『南星屋』の主が怪我をした噂もきいている。以前よりは控えめな数ながら、それでもこの暑さの中、笠《かさ》をかぶったり日傘《ひがさ》を差したりしながら、辛抱強く開店を待っていてくれた。

そんな贔屓客にこたえるように、お君が誇らしげに声を張った。

「本日の菓子は、ひんやりとした葛饅頭に、尾張名古屋のひすいでございます」

おおっ、と客の列から、大きなどよめきが上がった。

「今日はふた品あるのかい。おまけに諸国の名物菓子とは」

「ようやく、もとの南星屋が帰ってきてくれた。この日をどんなに待ち望んだことか」

「治兵衛さんの傷が、癒《い》えたのかい？　ともあれ、こんなに嬉しいこたあないよ」

客たちが、興奮ぎみに口々に言い立てて、しばし売り子の母子ふたりは、その応対に追われていた。

「まだ、本復には至りませんが、今日は腕のいい菓子職人に、お手伝いいただきました」

「諸国の銘菓を商ってこその、南星屋ですからね。こちらの尾張名古屋のひすいには、ひと工夫して、青豆の餡を載せました。目にも涼しい夏ひすいでございます」

ほおお、とお君の手許に視線が集まる。掲げた盆には、ふるんとした葛饅頭と、その横に鮮やかな緑の餡を載せた、丸い餅菓子が並んでいた。

「その夏ひすいとやらを、五つ……いや、せっかくの南星屋の門出だ。祝儀代わりに十にしてくれ。葛饅頭も、同じ数で頼むよ」

「ちょいと、太っ腹はいいけれど、前の者にごっそり買われちゃ、早々に売り切れちまうじゃないか」

「そうだぞ、後ろの者のために、ちったあ加減してくれや。太っ腹は、おまえさんの腹だけにしてもらいてえな」

「そんな御託《ごたく》を並べる野郎には、ここの有難い菓子を、食わせてなぞやるものかい。十を二十にしちまうぞ」

口喧嘩《くちげんか》まではじまったが、どの顔も笑っている。

——そうか……おれは、この顔が見たかったんだ。

十日ぶりに拝む、心からの客の笑顔は、老いた骨身にしみるほどに有難かった。

店と母屋のあいだに下がる暖簾の陰から、ひっそりと見守りながら、我知らず治兵衛は手を合わせていた。

「南星屋は、良い店ですね」

となりに立つ雲平が、ぽそりと言った。

「旦那さんが旅先で出会った、さまざまな諸国の菓子を商う店だと、お嬢さんから伺《うかが》いやした」

「こんな小っさな構えだから、一日にふた品ずつしか出せねえがな」

南星屋は、昼の鐘とともに商売をはじめ、ほんの一刻ほどですべて売り切る。旨い菓子を、できるだけ多くの者に味わってほしい——。それが南星屋の身上《しんじょう》であり、治兵衛の信念でもあった。そのために材を工夫し、精一杯値を押さえている。

一家三人きりでは、たいした量も作れないが、作った菓子がひとつ残らず売れることが、ささやかな儲けに繋《つな》がっていた。

「ここに来るだけで、諸国を巡ったような心地になれる。客にとって、これほど心浮き立つことはありやせん」

「これも雲平さんのおかげだよ。ありがとうな」

通一遍《とおりいっぺん》の礼として、雲平は受けたようだが、治兵衛には、もうひとつ別の含みがあった。

雲平の仕事ぶりは素早く、間違いがなかった。無駄口を叩かず、一方で手順ごとに治兵衛を立てて伺いを立てる。よほどしっかりした菓子店で、手際を覚えたに相違ない。

この男の腕なら、もっと楽なやりようがあったはずだ。

出来損ないの餅を蒸し直し、ふたたびこねれば、並みの餅菓子がいくらでもできよう。けれど雲平は、そうしなかった。

そのやり方では、治兵衛の顔を潰すことになるからだ。

この暑い最中に、鉄板に耳を寄せるようにして焼き加減を按配し、油鍋とじっくりと向き合い、注意深く餅を揚げた。頭に巻いた鉢巻《はちまき》が、水浸しになるくらい大汗をかきながら、お君の言うところの「かわいそうな新粉餅」を、救い上げてくれたのだった。

口にしたところで、この職人が認めることはあるまい。

「雲平さんのおかげで、今日は良い一日になった。本当に、ありがとうよ」

代わりにもういっぺん礼を告げる。治兵衛の気持ちは、何がしか伝わったのかもしれない。微笑らしきものを、唇の端に刻んだ。

「一刻ほどで店仕舞《みせじまい》いして、それから昼餉だ。飯が済んだら、飛脚問屋を訪ねてみようや」

「お手間をとらせやす……ですが旦那さん、一刻はかからねえと思いやすよ」

二畳ほどの上がり框に、菓子を載せた盆が縦横交互に積んである。いつも以上の勢いで、みるみるその嵩《かさ》が目減りする。

「まったくだ。この調子じゃ、昼餉は半刻ほど、早くなるかもしれねえな」

目だけで笑い合い、並んで母屋へと戻る。

「ありがとうございました！　またのお越しを、お待ちしております」

ひときわ明るいお君の声が、治兵衛の背中を追いかけてきた。

吹き寄せる雲

「こうして見ると、まるで大きな雲のようだねえ」

飛脚《ひきやく》が広げた切絵図《きりえず》に、ついため息がもれた。

右隅の赤い短冊《たんざく》には、番町《ばんちょう》大絵図と書かれている。江戸の切絵図は、武家屋敷は白、寺社は赤、町屋は灰色で描かれる。番町の絵図は、ほとんど一面真っ白で、二本の堀にはさまれた横広がりの不規則な長方形が、治兵衛《じへえ》には大きな雲と映った。

「へえ、親父《おやじ》さんにはそう見えるかい。おれは真っ先に、正月に上げる凧《たこ》を思い出した。麹町《こうじまち》がちょうど、糊《のり》をつける代《しろ》みてえだろ？」

「糊代とは、言い得て妙だ。なにせ畳の縁《へり》より狭いからな」

飛脚と一緒に口を開けて笑ったが、その場にいるもうひとりだけは追従《ついしょう》しなかった。

「番町がこんなに広いとは、思いやせんでした……」

雲平《うんぺい》が、途方に暮れたような顔で、切絵図を見下ろす。

前日、番町の内を己《おのれ》の足で歩いているだけに、よけいに難儀に思えたのかもしれない。

「案じるにはおよばねえよ。日頃はこんなもの見ずとも、さくさくっと着いちまうからな」

憂いを払うように、丑次《うしじ》という若い飛脚は明るく言った。名前とは似ても似つかない、小柄で機敏な男だ。

「旦那《だんな》が念のためにともたせてくれたが、こんなもんいちいち見てたら、かえって頭がこんぐらかっちまう。こいつが覚えた勘《かん》の方が、よっぽど頼りにならあ。任しときな」

丑次が己の足を、ぱしりと叩く。雲平は、「お手数を、おかけしやす」と、ていねいに腰を折った。

「なに、構やしねえさ。おれも南星屋《なんぼしや》の菓子は、贔屓《ひいき》にしてるからな。味が良くて値は手頃と申し分ねえが、店が一刻《いっとき》しか開いてねえのが玉にきずだ。おかげでなかなかお目にかかれなくてな」

南星屋は、治兵衛が麹町六丁目で営む菓子屋である。娘と孫と三人きりだから、作る数も限られてくる。日にふた品に抑え、代わりに、治兵衛が諸国で見覚えためずらしい菓子をあれこれと見繕《みつくろ》って拵《こしら》えていた。これが評判を呼び、真昼に当たる昼九つに店を開けても、一刻ほどで売り切れてしまう。飛脚は日がな一日あちこちとびまわっているから、購《あがな》うのが難儀だとひとしきりこぼす。

「それは申し訳ないね。今日のお礼に、少しばかりの手土産《てみやげ》を旦那さんにお渡ししたからね。後で飛脚問屋の皆さんと、召し上がってください」

「そいつはありがてえ。今日の趣向は、何だい、親父さん」

「会津若松《あいづわかまつ》の五郎兵衛飴《ごろべえあめ》と、伊勢四日市《いせよっかいち》の永餅《ながもち》でさ」

五郎兵衛飴は、求肥《ぎゅうひ》のように柔らかい飴で、歴史が古く平安末期にまでさかのぼる。源 義経《みなもとのよしつね》が食したとの伝えがあるほどで、昔は兵糧《ひょうろう》としても重んじられていたときく。

一方の永餅も、興りは足利《あしかが》の御代《みよ》とやはり古い。白餅を皮として中に餡《あん》をはさみ、薄平たく、長い棒状に伸ばした焼餅である。のんびりとしたその形が牛の舌に似ていることから、「べろ餅」とも呼ばれる。

そんな話をすると、旨《うま》そうだなあ、といかにも楽しみなようすで丑次は目尻を下げた。

「それにしても、親父さんの加減が良くなったのは何よりだ。手の具合はどうだい？まだ、痛むのかい？」

仕事を終えると、娘のお永が膏薬《こうやく》を塗って白布を巻いた。その治兵衛の左手に、案じるような視線を向ける。

「いや、こうしている分にはまったく。これしきで後を引くとは、歳はとりたかないね」

「おれたち贔屓客のためにも、大事にしてくれよ、親父さん」

「ありがとうよ。だが昨日今日と、この雲平さんのおかげで、滞りなく店を開けることができてね」

「そういや、こちらさんも菓子職人だそうだな」

「先月まで、京の菓子屋にいたんだ。とびきり腕の良い職人でね」

「おたわむれを。あっしごとき、まだまださ」

雲平は謙遜《けんそん》したが、腕の確かさは治兵衛も見惚《みほ》れるほどだ。昨日ですでに見当はついていたが、今日、仕込みから仕上げまでともに働いて、治兵衛はさらに確信をもった。

良い職人は、顔つきでわかる。真剣に菓子と向き合うからこそ、手許《てもと》に迷いがない。五郎兵衛飴も永餅も、雲平にとっては初めての品だろうに、治兵衛が菓子の姿や味、簡単な手順を説いただけで粗方《あらかた》のみ込み、要所《かなめどころ》で伺いを立てるより他は、動きに淀《よど》みがなかった。

「なにせおれが、この調子だからな。たいそう助かったよ」

「礼を言うのはこっちでさ。親方には、ひとかたならず世話になった上に、こんな手間までかけさせて」

雲平は昨日の朝、行き倒れのようなありさまで、南星屋の前で動けなくなっていた。京から江戸へひたすら急ぎ、途中で路銀を奪われたために、丸三日何も食べていないときいて、治兵衛は家に入れて粥《かゆ》などをふるまった。

そのあたりの経緯《いきさつ》はあえて、飛脚問屋の主人や若衆には何も告げていないが、同業の菓子職というだけで、よけいな詮索《せんさく》もされなかった。

雲平が急ぎ江戸に下ったのは、亥之吉《いのきち》という男に会うためだった。

小僧の時分に、ともに江戸の菓子屋で修業した、いわば職人仲間だが、亥之吉はひとつ年下になり、修業はじめも二年遅い。雲平にとっては、弟のような存在なのだろう。どういう経緯かまでは知らないが、いまは番町にある旗本《はたもと》屋敷に奉公しているという。

亥之吉はいたって筆まめな男で、ふた月に一度は必ず便《たよ》りをくれていた。それが半年ほど前にぱたりと途絶えて、雲平からいく度か文《ふみ》を書いたがなしのつぶてだった。半年のあいだに、だんだんと不安がふくらんだのは、想像に難《かた》くない。ついに雲平は、三年の年季を二年で切って、京の菓子屋から暇《いとま》をもらい、急ぎ江戸に駆けつけたのである。

よほど気が急《せ》いていたようで、一文なしの上に空きっ腹を抱えて、亥之吉が奉公する旗本屋敷を目指した。

しかし番町は、江戸でもひときわわかり辛《づら》い町として有名だ。さきほど治兵衛が雲にたとえた中には、五百以上の武家屋敷がひしめいている。

上様《うえさま》を警護する大番組の旗本が、この辺りに拝領屋敷を賜《たまわ》ったことから番町の名がついて、一番町から六番町まであるのも、初代家康《いえやす》公が関東に入府した折に、大番を六組置いたことに因《よ》る。いまでは倍の十二組に増え、番町の中の通りの名も、堀端《ほりばた》一番町とか表《おもて》二番町などと、さらに細かく分かれている。

武家屋敷には表札もないから、知らぬ者が探し当てるには無理がある。町人でこの町に詳しい者といえば、飛脚くらいのものだ。公儀には継《つぎ》飛脚が、大名には大名飛脚があるが、あくまで公用の書簡に限られている。縁者や友人に便りを送るには、武士・町人にかかわらず、もっぱら町場の飛脚問屋が利用された。

昨日の午後、遅い昼餉《ひるげ》を終えてから、治兵衛は雲平を連れて、四《よ》ツ谷《や》御門《ごもん》にほど近い麴町の飛脚問屋『梶勢《かじせい》』を訪ねてみた。わけを話し案内を乞《こ》うと、顔見知りの旦那はふたつ返事で引き受けてくれたが、あいにくと詳しい者が出払っており、明日もう一度出直してもらえまいかと頼まれた。今日の午後、引き合わされたのが丑次である。

「表六番町の日野《ひの》さまなら、知ってるよ。大番組の……たしか十番組だったか、組に四人しかいない組頭のおひとりだろ？」

「そんなたいそうなお家でしたか」と、治兵衛はにわかに目を見張った。

大番組の組頭は六百石。もちろん上には上がいるが、旗本としては上から数えた方が早い地位である。

日野家の家柄や役目については、あまり詳しくはないようで、雲平は困った顔をしたが、日野家について、ひとつだけ覚えがあった。

「日野基綱《もとつな》さまという、ご隠居さまがおられるはずですが」

「じゃあ、間違いねえや。もっともご隠居は、去年亡くなられてな」

「本当ですかい？　それはいつごろ？」

「うーん、秋だったか冬だったか、はっきりとは覚えてねえが、そのあたりだ。まあ、ご隠居も歳だったしな。悪い風邪《かぜ》でも召されたんだろ」

「そうですかい……」

ひどく屈託《くったく》ありげな表情だった。隠居の死を耳にしたときの慌てぶりも、この男らしくない。基綱という隠居が、亥之吉に深く関わっていたのかもしれない――。そう察したが、飛脚問屋の店内では落ち着いて話もできない。治兵衛はあえて、たずねなかった。

三人は、四ツ谷御門の脇から番町に入り、外堀沿いの道を北に向かった。この辺りは土手《どて》三番町だと、丑次が教えてくれた。左手に堀が開けているうちはよかったが、ほどなく右に曲がると、道の両側が見事に塀にふさがれた。塀の壁はどこまでも続き、先が見通せない。町場に暮らしている者にとっては、来る者を拒《こば》むよそよそしさが感じられ、周囲の家々から尻を向けられているような気さえしてくる。

「こう言っちゃなんだが、何とも愛想のない町だな」

「麹町に長年住んでる親父さんが言うかい？」

「なにせ用がねえからな、二十五年この地にいても、ほとんど足を向けたことがないよ」

そうだろうな、と丑次が笑う。麹町の裏手にあたる三つの寺を除けば、番町には神社仏閣や名所もなく、また町屋がないから店一軒すらないのだった。武家の町たる江戸を、大威張りで象徴しているような町だった。

「日野屋敷は、この真っ直《つ》ぐ先だ」

丑次が正面に向かって指をさしてから、だいぶ経った。行けども行けども道の景色は変わらず、麹町の四、五町分は歩いたろうか。ようやく丑次が、一軒の屋敷の前で足を止めた。

「……ここですかい」

予想より、はるかに大きな屋敷だったのだろう。雲平が少し驚いた顔で、立派な長屋門を見上げた。門構えや道に面した塀の長さからすると、おそらく敷地は七百坪くらいか。番町に馴染《なじ》みはなくとも、武家屋敷の内は見当がつく。治兵衛は胸の裡《うち》で目算した。

「ここが日野さまのお屋敷だ。いま、門の番方に話を通してくるから、ちょいと待ってな」

丑次はふたりを残し、門脇の潜戸《くぐりど》をほとほとと叩いた。

「ごめんくださいまし。梶勢でございい」と声をかける。

ほどなく潜戸が内から開いて、門番が顔を出した。武家奉公人というよりも、博奕《ばくち》場《ば》にでもいそうな、少し崩れた感じのする三十前後の男だ。最近は大身《たいしん》の旗本でさえ、まともな奉公人を抱えるだけの見栄《みえ》すらないときく。渡り中間《ちゅうげん》に近い手合いなのかもしれない。丑次の話をききながら、時折、胡乱《うろん》な目をこちらに向ける。

「本当かい？　そいつは困ったな……」

途中で丑次が、困惑《こんわく》顔でふり向いた。治兵衛と雲平を手招きする。雲平が、心配そうにたずねた。

「亥之吉は、留守ですかい？」

「いや、それが……」

丑次は言葉をにごしたが、それを柄《がら》の悪い番方がさらう。

「亥之吉なら、とっくにとんずらしたぜ」

「……とんずら？」

「この屋敷を逃げて、行方をくらました。要は出奔《しゅっぽん》したってことだよ」

「そんなはずは！　亥之吉はそんな半端な奴じゃ、ありやせん！」

つかみかからんばかりの勢いで、門番に食い下がる。迫ってくる雲平を突き放すように、相手が乱暴にからだを押した。雲平がよろけ、後ろにいた治兵衛にぶつかった。とっさに手をつこうとして、怪我のことが頭をかすめた。手をかばったために、治兵衛は背中からまともにころんだ。

「親父さん！」

丑次が機敏に動き、すぐさま助け起こしてくれる。雲平も治兵衛の傍《かたわ》らにしゃがみ込む。

「すいやせん、親方……大事ありやせんか？　どこか打ちやしたか？」

いつも落ち着いた風情のこの男が、血相を変えている。

何だかふっとおかしくなって、雲平に向かって微笑《ほほえ》んでいた。

「おまえさんの慌てたところ、初めて見たよ」

節度があり寡黙《かもく》な男だ。そのぶんどこか、ぎりぎりのところで人を拒んでいるような、そんな印象があった。感じたのは、親しみに近い気持ちだった。

「やい、年寄りに何てことしやがる！　いきなりどつくなんて、ひでえじゃねえか！」

「おれがじいさんを、どついたわけじゃなかろうが！　だいたいあいつが……」

丑次が腹立ちまぎれに番方に食ってかかる。相手もばつが悪くなったのか、さっきまでの横柄《おうへい》さがいくぶん影をひそめる。見かけより、気の小さい男のようだ。

「心配ない、平気だよ」

尻をついてから、背中から倒れただけで、目方が軽いのも幸いした。治兵衛は自ら右手をついて、どっこらしょと立ち上がった。雲平と丑次がほっと息をつき、門番の男にも安堵《あんど》が見える。

「そういや、すっかり忘れていた。雲平さん、あれをこちらさんに渡しとくれ」

雲平がうなずいて、手にしていた風呂敷包みを解いて、紙に包んだ手土産を番方に渡す。言うまでもなく、五郎兵衛飴と永餅である。同時に、深々と頭を下げた。

「さきほどは、ご無礼いたしやした」

「お、おう……すまねえな」

がさつそうな男だが、手土産と詫《わ》びのおかげか、険《けん》のある目つきがだいぶ大人しくなった。見計らって、治兵衛はできるだけていねいにたずねた。

「亥之吉さんのことを、もう少し詳しくおきかせ願えやせんか？　亥之吉さんがお屋敷を出たのは、いつのことです？」

「それなら、はっきり覚えてるよ。なにせご隠居が亡くなった、その日だからな」

去年の師走《しわす》二日だと、番方は言った。かすかだが、雲平の横顔に動揺が走った。

「すこぶる達者な隠居でな、床《とこ》に就いてもいなかった……卒中《そっちゅう》だときかされたが、嫌な噂が屋敷内で立った……食べた菓子に、毒を盛られたんじゃねえかって」

「菓子に、毒を？」

菓子屋としては、きき捨てならない。思わず治兵衛はきき返していた。

隠居が倒れたのは師走二日の夕刻だった。すぐに医者が呼ばれたが、手当の甲斐《かい》なくその夜遅く、息を引き取ったという。

「朝になって、亥之吉の姿がどこにもないと知れた。亥之吉は菓子職人で、屋敷の内で隠居のために菓子を作っていた」

「このお屋敷で、菓子を？」

腑《ふ》に落ちず、重ねた治兵衛に、番方はこたえた。

「ご隠居さまは、茶の道では有名なお方でな。茶道の師範をしていた。茶事やら茶会やらを、しばしば開いていてな。茶席の菓子は、すべて亥之吉が拵えてたんだ」

「なるほど、茶の湯ですかい……亥之吉さんは、菓子職人としてこのお屋敷に雇われていたのですか」

治兵衛にも、ようやく納得がいった。雲平は、その辺りの仔細も亥之吉から知らされていたのだろう。応じるように、横顔のままかすかにうなずいた。

「それにしても、毒を盛られたとは穏やかじゃねえ。卒中だってんなら、そのとおりなんじゃねえのかい？」

「かもしれねえが、隠居の死に関わりねえなら、何だって逃げ出したんだ？」

「そいつはわからねえが……」

威勢のよかった丑次の口調が、たちまち尻すぼみになる。

「ともかく、隠居が死んだと同時に、亥之吉はいなくなった。本当のところはそれだけだ」

門番の物言いに、嘘はなかった。口を引き結び、じっと考え込んでいた雲平が、静かにまぶたを閉じた。

「わかりやした……お手数を、おかけしやした」

そんなはずはないと、亥之吉が殺生なぞするはずがないと、本当は叫びたいに違いない。けれど雲平は、そんな気持ちをひと言も漏《も》らすまいとするように、唇《くちびる》を引き結び、番方に向かって頭を下げた。

「おれもまだ、仕事が残っていてな。すまねえが、先に行かせてもらうよ」

門番が潜戸の内に消えると、丑次もそう言って片手を上げた。

「ありがとうよ、今日はすっかり世話になっちまったね」

「なに、構わねえって。それに、早えとこ問屋に戻らねえと、親父さんの菓子を食いっぱぐれちまうしな」

冗談めかして笑い、雲平のていねいな礼をほどほどに受けて、とっとと走り出す。飛脚だけあって、小柄な姿は見る間に豆粒になった。その姿を見送って、治兵衛はとなりに顔を向けた。

「雲平さん……あれで、よかったのかい？」

「へい……親方にも、ご造作《ぞうさ》おかけしやした」

治兵衛も決して、口が達者とは言えない。互いに黙りこくったまま、塀の壁にふさがれた道を、ただ歩いた。心なしか、行きよりも塀の高さが増したようで、息苦しさすら感じる。やがて堀端に出ると、治兵衛はほっと息をついた。

日はすでに大きく傾いて、茜色《あかね》を増している。番町の西に面した外堀は、夏の盛りの西日を受けて、まぶしいほどの光の波が水面《みなも》に弾《はじ》かれていた。

「少し、座らないか。ちょいとくたびれちまってな」

南星屋まで、たいそうな道のりがあるわけでもないのに、そんな年寄りくさいことを言ったのは、やはりこのまま帰すのはしのびなかったからだ。

土手に大きな影を落とした欅《けやき》の木の下に、ふたりは腰を下ろした。

ジーワジーワと蟬《せみ》の声は暑苦しいが、草の上に座ると、かすかながら風を感じた。土手に誘ったまではいいが、やはり娘や孫がいなければ、話のとっかかりさえつかめない。しばらく黙って、対岸の石垣をながめていた。

「おれは、もとは武家の生まれでな」

石垣から連想したのか、あるいは背後に広がる武士の町がそうさせたのか、何となく口をついていた。少なからず意外に思えたのだろう、そうでしたか、と雲平が応じる。

「親兄弟には何の不足もねえが、ちっと謂《いわ》れがあって、どうしても家を出たかった。逃げた先が菓子屋でな、諸国を巡っていたのも、単に逃げ続けていただけかもしれねえと……こいつはだいぶ後になってから思い合わせたんだが」

しばしの間は、蟬の声が埋めてくれた。

「あっしも、同じかもしれやせん。江戸に戻りたくねえから、あちこちふらふらしていた」

「身内は、江戸にいなさらないのかい？」

ふた親を早くに亡くし、兄弟もいない。親戚をたらい回しにされて、厄介払《やっかいばら》いに出されたのが、神田《かんだ》の菓子屋だった。さして重みのない口調で、短く来し方を語った。

「修業はじめは十歳でしたが、あのころは思うさまひねてましてね。親方や兄弟子に逆らう、同輩とは喧嘩《けんか》するといった按配《あんばい》で」

「へえ、雲平さんにもそんなころがあったのかい」

「思い返すと、未だに冷や汗が出まさ……たぶん亥之吉がいなければ、とっくに店をとび出していた」

雲平より二年遅く、十一歳で修業をはじめたという。

「亥之吉も、やっぱり身内がおりやせん。身の上は同じなのに、おれと違って素直な奴で、気持ちがやさしかった。それが不思議に思えやした」

雲平が素《そ》っ気《け》なくしても、構わず兄さん、兄さんと慕ってくる。最初は鬱陶《うっとう》しく思えたそうだが、いつのまにか弟のような存在になっていたと雲平は語った。

互いに親兄弟もなく、天涯孤独の身の上だ。血を分けた兄弟以上に、亥之吉は心の拠《よ》り所になっていたのだろう。治兵衛にも、弟の五郎《ごろう》がいるからよくわかる。たとえ離れていても、己を待つ者がいるからこそ、旅ができる。たとえ細くとも、自分を繋いでくれる糸があってこそ、風の中で立っていられる。切れればたちまち、くるくるとまわりながら落ちてしまう。旅暮らしとは、それほどに頼りないものだった。

雲平は十年の修業と二年のお礼奉公を終えて、二十二歳で江戸を離れた。対して亥之吉は、奉公を済ませた後も、同じ菓子屋に留まったという。

「ひとつ、きいていいかい。亥之吉さんはどんなわけで、日野さまのお屋敷に？」

「働いていた神田の菓子屋に、日野のご隠居さまがよく出入りしてらして……話し相手なぞをするうちに気に入られたと、便りには書いてありました」

茶道の師範であった日野基綱は、菓子にも造詣が深かった。名店と呼ばれるいくつかの店に菓子の注文をしていたが、必ず自ら出向き、趣向を相談するのが常だったようだ。職人と菓子談議に花を咲かせたり、作業場に入って仕事ぶりを見物することすらあった。

腕があり、人柄も温和な亥之吉は、気に入られてたびたび隠居の相手をしていた。基綱から強く乞われて日野家の雇い人となったのは、四年前のことだった。

年季は五年——。さらに年季明けには、特別な褒美を約束された。

「店をもたせてくれると、ご隠居は請け合ってくださったそうです」

「なるほど、そういうことか」

「小さくてもいいから、己の店をもつのがあいつの夢で……」

職人の給金では、何十年働いても店をもつのは難しい。間口一間《けん》の南星屋ですらも、弟の援助がなければとても無理だったろう。残る手立ては暖簾《のれん》分けだが、名のある店に限って、おいそれと暖簾分けなどしないものだ。

一介の職人たる亥之吉にとって、隠居の申し出はどんなに魅力があったか想像に難くない。また、ふたりの間柄は、決して利害のためばかりではなかったようだ。

『亥之吉、おまえの腕は信じておる。趣向についても、もはやとやこうは言わぬ。最上の材を用いて、存分にその腕を振るってくれぬか』

職人にとっては、身が震えるほどの喜びであったろう。隠居は亥之吉を認め、亥之吉は隠居を敬愛していた。手紙の文面からは、そのようすがありありと感じられた。

実際、日野家での奉公は、亥之吉にとって充実した年月だったようだ。年季も残すところ一年と幾月となり、ご隠居と離れるのは寂しいと、最後の便りにも書いてあった。一方で、己の店への希望もふくらんでいて、ぜひ一緒にやらないかと雲平は誘われてもいた。

「亥之吉が、己で開いた運です。ただ乗りするつもりは毛頭ありやせんが……」

それでも店が滞りなく運ぶまでの、半年や一年は手伝うつもりでいたと、雲平は寂しそうに語った。

気づけば、熟れた杏《あんず》のような日は、すでに家々の屋根に半分落ちていた。

うまい慰《なぐさ》めも思いつかぬまま、治兵衛は雲平を促して腰を上げた。

「やっぱり、明日にでもここを出ていくつもりでしょうか？」

お永《えい》が気遣《きづか》わしげに、菓子部屋の方を見遣《みや》る。

夕餉《ゆうげ》を済ませると、雲平は作業場の掃除をさせてほしいと申し出た。世話になった礼だとの建前だが、亥之吉が案じられて、少しでも気を紛らしたいのかもしれない。

雲平の姿が、褪《さ》めた紅《べに》色の暖簾の奥に消えると、治兵衛は娘と孫に詳しい経緯を小声で語った。

「何もきいちゃいねえが、かもしれねえな……」

「駄目よ、おじいちゃん！　あんなしょげたままで行かせるなんて……おっかさんだって、そう思うでしょ？」

「そうは言っても、お君《きみ》。相手は子供じゃないんだから、雲平さんが出ていくというなら、止めようがありませんよ」

「いったいどこへ行くというの。江戸から出るにも路銀すらないのでしょ？」

「明日は神田へ、足を運んでみるそうだ。最初に修業した店が神田にあってな、挨拶に行くと言っていた」

大きな店だそうだから、路銀の算段をしてもらうか、あるいはしばらく働かせてもらうつもりかもしれない。

「だったら、うちで働いてもらえばいいじゃない」

「お君ったら、またそんな突飛《とっぴ》なことを」

お永は呆れたが、お君は大まじめだ。

「せめておじいちゃんの手が良くなるまで手伝ってもらえたら、おじいちゃんだって大助かりでしょ？　腕はいいし人柄も申し分ないし、ちょっと愛想には欠けるけれど、職人ならめずらしくもないし」

「こっちは良くても、雲平さんに迷惑ですよ」

あれほどの職人を雇うとなれば、給金も弾《はず》まねばならない。南星屋のような小さな構えでは、とても払える額ではないと、お永は娘に説いた。

「あたしだってそのくらい、わかってるわ」

ぷくっと頬《ほお》をふくらませる。子供のころからの、お君の癖だった。

「でもね、おっかさん。あんなしょぼくれたままで行かせちまったら、心残りでならないわ。雲平さんが嫌なら、長く引き留めようもないけれど……せめて少しは晴れやかな顔で、送り出してあげたいじゃない？」

「そうだな……お君の言うとおりだな」

った。

「お父さんまで……」

娘が目で咎《とが》めたが、大人の分別で口にはせぬまでも、同じ考えは治兵衛の中にもあった。

「おれもお君と同じだよ。このまま別れちまうのは、どうにも後味が悪い」

ただでさえ、身内の縁の薄い男だ。この世でたったひとりの弟分が、妙な濡《ぬ》れ衣《ぎぬ》を着せられたまま居所すらつかめない。どんなに分別くさい大人でも、拠り所を失えば、心配や焦燥《しょうそう》にあっさり潰されてしまうものだ。男はことに、そんなきらいがあり、治兵衛はそれを案じていた。

そしてもうひとつ、雲平に居てほしい、大事な理由があった。

「左手の代わりだけでなしに、もう少しあいつと、一緒に菓子を作ってみたい。そんな思いがあってな」

「お父さん……」

いわば治兵衛の職人魂《だましい》から出た言葉だと、察せられたのだろう。お永も細いため息をつき、わかりましたと告げた。

「お父さんがそうまで言うなら、私も従います。もちろん、雲平さんしだいですが」

「おじいちゃん、ありがとう！　やっぱりおじいちゃんは、話がわかるわ」

お君は抱きつかんばかりの喜びようだが、待て待てと治兵衛はひとまず孫を抑えた。

「とはいうものの……あんな具合の男を、どう慰めていいものか。そればかりは、おれもさっぱりなんだが」

「行方知れずの亥之吉さんを見つけるより他に、手立てがありませんものねえ……」

「ねえ、五郎おじさんなら、何とかしてくれるのじゃない？」

お君は治兵衛の弟の名を出した。いまは僧籍に入り、石海《こっかい》と名乗っているが、未だにこの家では幼名のままで呼ばれている。

「ほら、五郎おじさんは、四ツ谷相典寺《しょうてんじ》の住職だったでしょ？　あのお寺の檀家《だんか》さんは、番町に住まうお武家さまが多いと、前におじさんからきいたことがあるの」

「なるほど……もしかすると、日野さまも檀家かもしれないということか！」

「それならたしかに、お家のあれこれも耳に届いているかもしれませんね」と、お永もうなずく。

寺と檀家の関わりは深く、つき合いは何代にもわたる。なかなか表には出ない武家の内情も、菩提寺《ぼだいじ》であれば少しは明るいはずだ。

相典寺は江戸でも指折りの大刹《たいさつ》であり、檀家の数も多い。住職と言えど、すべての檀家の内実に詳しいわけではなかろうし、石海はすでに相典寺の住職を退いている。いまは牛込《うしごめ》の小さな寺に収まっているのだが、元住職となれば何らかの手蔓《てづる》があるやもしれない。

たとえ日野家に直接の関わりはなくとも、となり近所や、あるいは同じ大番組の者たちの中に相典寺の檀家は必ずいるし、その気になれば石海は、江戸中の寺に顔が利《き》く。日野家の菩提寺を探し、住職にたずねることもできよう。

「そうだな。ひとつ五郎に、尻をもち込んでみるか」

「わざわざおじいちゃんが行かずとも、五郎おじさんなら明日にでも顔を出すわよ。おじいちゃんのお菓子をねだりにね」

「お君、徳の高いお坊さまなのですから、少しは口をお控えなさいな」

娘をたしなめつつも、お永の口許もほころんでいる。娘の言葉どおり、位の高い僧なのだが、この家ではいたって気を抜いている。いまやもうひとりの家族のごとく、この家になじんでいた。

「それでも、お父さん。五郎おじさんにお願いしたとしても、すぐに亥之吉さんが見つかるわけではないでしょうし」

「たしかになあ……それっぱかりは、お永の言うとおりだな」

いっとき浮き立った空気が、ふたたび湿り気を帯びて下りてくる。それでも若いお君だけは、湿っぽさを払うように明るく言った。

「亥之吉さんのことは、ひとまずおいといて、あたしたちで雲平さんの気を引き立ててあげましょうよ」

「お君、何をするつもりなの？」

「それはこれから、三人で考えるのよ」

何の考えもなしに口にしたのかと、これには治兵衛も笑うしかない。

「引き立てると言ってもなあ。おれはこのとおり、菓子作りより他に能がねえしな」

「だったら、雲平さんが喜ぶお菓子を作ればいいのよ」

お君に発破《はっぱ》をかけられても、そう簡単には思いつかない。亥之吉との思い出の一品がよいとか、いや、それではかえって心配がぶり返すだけだとか、お君とふたりであでもないこうでもないとやりとりしたが、さっぱり良い案が浮かばない。

黙ってきいていたお永が、ふと口を開いた。

「そういえば、同じ名の菓子がありましたよね、お父さん」

「同じ名……？」

娘にその名を告げられて、ああ、と思い出した。治兵衛の菓子帳を絵本代わりにして育ったお永は、中に書き留めた諸国の菓子の名を、すべて諳《そら》んじていた。

「そうか、そいつは悪くねえな……ふうむ、どうせなら、こんな趣向はどうだい？」

「いいわね、おじいちゃん！　だったら、こんなのはどう？」

娘の思いつきを、治兵衛がふくらませ、さらにお君が彩《いろど》りを添えた。

楽しい秘密を抱えたまま、一家は次の日の朝を迎えた。


「今日は、みぞれ羹《かん》と、吹き寄せにしたよ」

翌朝、治兵衛は、今日出すふた品について、雲平にそう伝えた。

「みぞれ羹とは、初めてききやした」

「昔、越前《えちぜん》で見た菓子でな。もっと風雅な名がついていたが、見てくれがみぞれみたいでな、おれが勝手につけた」

みぞれは冬の季語なのだが、夏向きの菓子だ。砂糖を加えた寒天《かんてん》と、道明寺粉《どうみょうじこ》を浮かべた寒天を、一緒にして流し固めたもので、寒天から透けて見える道明寺粉の白い粒が、みぞれのように見える、見た目も涼し気な菓子だった。

「吹き寄せは、霜月《しもつき》の菓子だと承知しちゃいるが、夏向きに拵えてみることにした。江戸なら小さな煎餅《せんべい》やおこしを使うんだが、せっかくだから上方風にしてみようと思ってな」

「打ち物ですかい？」

「いや、雲平だ」

あまり表情を変えない男だが、その目がかすかに広がった。

吹き寄せとは、風で吹き寄せられるさまから、種々をとりどりに集めたものをいう。いわゆる五目《ごもく》と同じ意味で、料理では「吹き寄せ汁」や「吹き寄せ飯」がある。菓子においても、ひと口大の菓子を、さまざまな色や形で合わせたものを吹き寄せと呼んでいた。

治兵衛が言ったとおり、関東では煎餅やおこしが使われるが、京坂《けいはん》の吹き寄せはまた違う。本来は十一月の菓子で、打ち物や有平糖《アルヘイとう》で、紅葉《もみじ》や銀杏《いちょう》、松葉《まつば》やしめじなど秋の風物を象《かたど》り、美しく典雅なものに仕上げられる。

雲平細工もまた、上方の吹き寄せにはよく用いられる。

砂糖に寒梅粉《かんばいこ》を混ぜ、薄くのばして型で抜いたもので、西では生砂糖《きざとう》とも言われる。抜き型しだいで緻密な造形ができるから、工芸菓子として重宝されていた。

「どうせなら、おまえさんの名にちなんだ、菓子にしようと思ってな」

「親方……」

治兵衛の心遣いが届いたのか、男くさい顔がわずかながらほころんだ。

さっそく雲平の生地を作り、五つに分けて、紅や緑などで色をつける。それから麺《めん》棒《ぼう》で薄くのばした。

「ここからは、おっかさんとあたしがするわ。おじいちゃんと雲平さんは、みぞれ羹をお願いします」

型抜きの段になると、さっさとお君に追い払われてしまい、男ふたりが苦笑を交わす。お君は張り切って、五種の抜き型をそろえ、お永と一緒に手際よく抜いてゆく。みぞれ羹を仕上げたころ、お君ができ上がった吹き寄せを見せにきた。

「どう、おじいちゃん?」

「へえ、いい出来じゃねえか。夏らしい色取りで、さわやかだ」

正方に切った懐紙《かいし》の上には、前にふたつ、後ろに三つ、合わせて五種の細工菓子が並んでいる。お君はそれを、雲平の前にさし出した。

「これが雲平さん、となりが亥之吉さん。これがおっかさんで、真ん中がおじいちゃん、で、これがあたし」

「……あっしと、亥之吉まで」

雲平が、紙に並んだ細工に、じっと目を落とした。

夕焼けを半分まとった白い雲が雲平、亥の子《いこ》を模した茶色い楕円《だえん》が亥之吉。お永が緑の松葉で、お君は紅の朝顔。そして白と緑の流水が、治兵衛を表している。

雲平という雲が、風に吹き寄せられて、三人のもとに辿《たど》り着いた。そんな意味も、こめられていた。

「この吹き寄せが、おじいちゃんとおっかさんと、あたしの気持ちです。どうぞ、受けとってください」

と、雲平の大きな掌《てのひら》に載せる。

「味見してみちゃ、くれねえかい？」

雲平はうなずいて、紅色の尾を引いた雲を、口に入れた。お君も、少し離れたところにいるお永も、そして治兵衛も、そのようすを見守っていた。

美味《うま》い、と呟いて、口許からしみわたるような笑みが広がった。

「甘さがやさしくて、舌の上でほろほろとほどけてきやす」

お君が胸の前で手を握りしめ、お永は娘と目を合わせて微笑んだ。

風がさらっていったように、雲平の顔からは屈託がきれいに剝《は》がれている。

治兵衛にはそれが、何よりも嬉しかった。

「本日も、南星屋をご贔屓いただきまして、ありがとうございます。本日の菓子は、みぞれ羹と吹き寄せでございます」

昼九つに店を開け、お君の元気な口上がきこえてくると、治兵衛はあらためて雲平に申し出た。

「大店《おおだな》にくらべれば、わずかな給金しか払えねえ。無理は百も承知だが、考えてみちゃくれねえか。助っ人の名目だけじゃなく、おれは雲平さんと、もっと色んな菓子を作ってみてえんだ」

この狭い家で寝泊まりするのは、さすがに窮屈だ。近所に長屋を借りて、飯だけ一緒に食えば、よけいな気兼ねも要らぬだろう。条件を並べた上で、ひとつだけ断りを入れた。

「恩に着せようなんて腹は、これっぽっちもねえ。それだけはわかってくれ」

「承知していやす」

「それでもあんたの腕を、安く買おうとしているのは否めねえ。そいつばかりは心底すまねえと……」

「親方、南星屋には、給金以上の値打ちがありやすよ」

申し訳なさに、ついくどくどと言い訳する治兵衛を、雲平は静かにさえぎった。

「ここにいれば、親方の技を盗めるだけじゃない。見たこともない諸国の菓子を、たんと味わえる……職人にとって、これ以上の贅《ぜい》はありやせん」

世辞ではないことは、真摯な目とぶつかってわかった。

「それじゃあ、雲平さん……」

「半端者ですが、精一杯働かせていただきやす」

大きな両手を畳について、深々と頭を下げた。

「そうか……ありがとうよ、雲平さん」

何度もうなずきながら、つい涙ぐみそうになる。傍らの盆には、大ぶりに切ったみぞれ羹と、こんもりと小山にした吹き寄せが載っている。今日あたり来るかもしれない石海のためのもので、それを見て治兵衛は思い出した。

「そういえば、ここに居てもらうのに、もうひとつ厄介の種があったたな……」

石海は誰よりも、お永やお君を案じている。男の職人を置くとなれば、ひと悶着《もんちゃく》あることは目に見えていた。

「親方、厄介とはどんな……」

「いや、たいしたことじゃない。それより、神田に挨拶に行くんだろ？　先に昼餉を済ませて、すぐに出た方がいい」

ひとまず、石海と雲平がいきなり鉢合《はちあ》わせするのは、避けねばならない。急かされて、雲平は腰を上げたが、盆の上に目をやって、思い出したように告げた。

「親方は、雲平細工の名の謂れは、知ってますかい？」

「いいや……きいたことがねえな」

本当の説かどうかは定かではないが、京の菓子屋できいた話があるという。

「唐菓子に、雲片香《うんぺんこう》というものがあるそうで」

寒梅粉に砂糖を入れるまでは雲平と同じだが、それを固めて箱に入れて蒸《む》して、薄く切った菓子だという。日本に伝わってから、「うんぺん」が「うんぺい」に転じたのではないかと、京の菓子店の親方が語ってくれた。

「雲の欠片《かけら》とは、まさにてめえのことだと……そう思えましたが」

濃い眉《まゆ》のあいだに、絶えずしわを刻《きざ》んでいるような、生真面目そうな表情がゆっくりとほどけた。

「それでもこうして、こちらさんに吹き寄せられた……亥之吉のおかげでさ」

雲に寄り添うように並んだ亥の子に、雲平は目を細めた。

軒下《のきした》の風鈴《ふうりん》がちりんと鳴って、一瞬の涼をはこんだ。

つやぶくさ

暑苦しいばかりだった軒《のき》の蟬《せみ》が、一瞬だけ鳴くのをやめた。

しばし黙り込み、おそるおそる伺《うかが》いを立てるようにして、またじいわじいわとやり出したが、心なしか勢いが失《う》せていて、いかにも申し訳なさそうだ。それほどに、弟の声は大きかった。

「わしは決して承知せんぞ！　駄目《だめ》だと言ったら駄目だ！」

坊主頭の下の丸い目が睨《にら》みつけるさまは、達磨《だるま》にそっくりだ。顎《あご》だけが四角張っていて、猛牛のごとく、しゅうしゅうと鼻息ばかりが荒い。小さな子供なら、たちまち泣き出してしまいそうな形相《ぎょうそう》だが、おそらくこんな顔をされるだろうと、治兵衛《じへえ》には予測がついていた。

「だがなあ、五郎《ごろう》。この手が治るまでは、誰かに助《す》けてもらわねえと。どのみち、職人を雇うつもりでいたんだ」

と、白布を巻かれた左手を見せる。利《き》き手ではないにせよ、菓子職人にとっては致命傷だ。こねたり練ったりといった力仕事ができなくなり、右手一本では、頭に描いた図とは、似ても似つかない不細工《ぶさいく》な菓子にしかならない。

娘と孫と三人きりの小さな店だが、このまま幾月《いくつき》もまともな品が作れないようでは、たちまち暮らしは干上がってしまう。短いあいだだけでも職人を雇って凌《しの》ぐより他はないかと考えはじめていたとき、まるで計ったように雲平《うんぺい》が現れた。

腕も人柄も申し分ない。雲平も承知してくれて、これでようやく一難が去ったと思ったら、違う一難がやってきた。

弟の石海《こっかい》は、是現寺《ぜげんじ》という牛込《うしごめ》にある小さな寺で住職をしている。兄の拵《こしら》える菓子をことさら楽しみにしていて、以前は月に二、三度だったのが、いまは五日とあけず、必ず南星屋《なんぼしや》に顔を見せる。

今日あたり、そろそろ来るだろうとの見当は見事に当たり、雲平に外出を促したのは良策だったと内心で息をついた。雲平は、若いころに修業していた神田《かんだ》の菓子店に挨拶《あいさつ》に行っていた。

「人を雇うなら、身許《みもと》のたしかな者がいくらでもいるだろう！　よりにもよって上方から下ってきたばかりの、どこの馬の骨ともわからぬ男を家に入れるなど言語道断。

もしかすると、盗人《ぬすつと》の手先かもしれぬのだぞ！」

「いやあね、五郎おじさんたら。こんな小《ち》っさい菓子屋なぞ、盗人が狙う道理がないわよ」

孫娘のお君《きみ》が、ころころと笑う。昔の癖で、治兵衛は弟を僧名ではなく俗名で呼ぶ。ためにこの家では、娘や孫にも五郎おじさんと呼ばれていた。

「狙いはこの家ではなく、件《くだん》の旗本屋敷かもしれぬではないか。隠居が高名な茶人というなら実入りもそれなりにあろうし、逃げた菓子職人とやらが手引きをしていたのかもしれぬ」

雲平が実の弟のように思っていた職人仲間が、奉公していた旗本屋敷から消えた。しかも茶人であった隠居が身罷《みまか》ったその日から姿が見えない。大いに怪しいとされ、屋敷の内では毒殺説までもち上がっていたが、弟の発想はさらに突飛《とっぴ》だ。

思わず治兵衛とお君が笑い出し、日頃は控えめな娘のお永《えい》さえ、弛《ゆる》んだ口許を袂《たもと》で覆う。

「そいつはねえよ、五郎」

「どうして、そう言い切れる。お人好しの兄上に見通せるのは、せいぜい表の面の皮一枚きりだぞ」

憤然と言い放ち、砂糖と寒梅粉《かんばいこ》でできた吹《ふ》き寄《よ》せを、三つまとめて口に放り込む。きこえよがしに、ばりばりと音を立てて噛み砕いた。

「あいつの腕を見れば明らかだ。あれほどの技をもつ男が、わざわざ盗人に落ちる謂《いわ》れなぞ、どこにもねえよ」

「おじいちゃんに言わせれば、真っ正直で、間違いのない職人業だもの」

「作る菓子には、どうしても人柄が出るそうですからね」

お君に続き、お永までもが肩をもつ。石海の顔が、ますます忌々《いまいま》しげに苦りきり、まるで仇《かたき》のように、五種の型に抜いた砂糖菓子を睨みつけた。

弟の頑《かたく》なを解きほぐすように、治兵衛は努めて穏やかに語った。

「なあ、五郎、きいてくれ。この麴町《こうじまち》に菓子屋を開いて、今年でちょうど二十五年目になる。幸い店は繁盛《はんじょう》して、一家三人つつがなく暮らしてきた。何の障《さわ》りも滞《とどこお》りもないと、そう考えてきたが、ひとつだけ不足があった」

何だ？　と問うように、いかつい片眉が怪訝《けげん》そうに上がる。

「菓子職人としての、おれのありよう、とでも言えばいいか……うまく説《と》けねえんだが、言ってみりゃ、この二十五年のあいだ、おれは職人としては閉じていた」

職人の根っこともいえる、本分に近いところを否定したに等しい。誰もが少なからず驚いたようで、弟だけでなく娘や孫もにわかに目を見張る。

決して比喩《ひゆ》ではなしに、閉じていたのは治兵衛の目蓋《まぶた》だった。

修業時代も、また旅をしていたころも、治兵衛のまわりは発見に満ちていた。

新しい菓子、新しい手業《てわざ》。土地や水が変われば、同じ名をもつ菓子ですら、まったく違う姿をとる。そのひとつひとつが、どんな貴石よりも輝いて見えた。

しかし江戸に留まってからは、そんな眩《まぶ》しい瞬間から遠ざかってしまった。もちろん、江戸にはどこよりも多くの品が集まるから、他所《よそ》の店の菓子から学ぶことは多い。これはどこそこで見た地方の菓子に似ているなとか、これはあそこの菓子の工夫を加えた方がもっと美味《おい》しくなるなとか、折々に刺激にはなるのだが、実際に技を盗み、味をたしかめていたあのころの鮮烈さとは、とうていくらべものにならない。

そういう暮らしが続く中、己でも知らぬ間に、目蓋が落ちていた。

外が見えなくとも、自分の中にある技と知恵でやりくりできる。なまじ客の評判がよく繁盛していただけに、これでいいと、いつのまにか慢心していた。

そんな治兵衛の目を、雲平はかっきりと開かせてくれた。

雲平が渡り職人をしていた時期は、治兵衛が江戸に落ち着いていたころに重なる。

職人は、師匠から受け継いだ手法を踏襲し、伝統を守っていくが、決してそれだけではない。あれこれと悩み、自身で思案《しあん》し工夫して、後の世に伝える役目も負う。外からは目に見えぬほどゆっくりとながら、技も材も進化している。いまさらながらに、治兵衛はそれを思い知った。

雲平の手の動きは、二十五年間止まっていた治兵衛の時を、揺り動かしてくれたのだ。

そのやり方には、随所に治兵衛の知らない新しい技が垣間見える。まだ二、三日のことであるし、親方を 慮《おもんぱか》ってできるだけ治兵衛に合わせてはいるものの、もっとさまざまな目新しい技をもっているはずだ。それが見たいと、心の底からの素直な欲求がわいていていた。

「こんな爺《じじい》になっても、我ながら業《ごう》が深《ふけ》えと呆《あき》れるが、おれはあいつの技を盗みてえ。おれの知らない工夫や手際、最近できたばかりの菓子なぞを、あいつを通して身の内に仕込んでみてえ。その欲がむくむくわいてきて、てめえでも抑えきれねんだ」

いつになく饒舌《じょうぜつ》な兄の顔に、じっと目を注ぐ。少しの間の後に、大きなため息が返った。

「手が使えぬようになってから、ずいぶんとがっくりきていたのに、今日来てみれば見違えるように勢いが戻っている。いったいどんな幸甚《こうじん》が降ってきたかと思えば、そういうことか」

顔にはあまり出さないが、よほど心配していたのだろう。吐いた息には、あきらめより安堵《あんど》が多く混じっていた。

実際、この歳でからだを痛めると、自分が思う以上に気持ちが弱くなるものだ。ただでさえ短い先行きがいきなりすぼまって、もう駄目かもしれないと暗澹《あんたん》とする。口にはしなかったものの、ここが引き際だろうかと、隠居のふた文字が何度もちらついた。日をおいた餅のごとく、かちかちに硬く縮こまった気持ちが、雲平という炭火を得て一気にふくらんだ。兄を気遣う弟には、そのようすが当人よりもはっきりと察せられたのかもしれない。

「すまねえな、五郎。おめえにも、たんと心配をかけちまった」

「いまとなってはふたりきりの兄弟だからな。水くさい遠慮は無用だが……兄上がそこまで言うなら仕方ない、しばし静観してやるわ」

ようやく石海が矛《ほこ》を収めた。照れ隠しか、ずずっと音を立てて茶を喫する。ひとまず弟の機嫌は直ったようだ。頃合を見て、治兵衛はおずおずと頼み事を告げた。

「それでな、五郎。さっき少しばかり話したが、日野基綱《ひのもとつな》さまについて、何か知らねえかい？　お屋敷が番町《ばんちょう》なら、この辺の寺が菩提寺《ぼだいじ》じゃねえかと思ってな」

雲平は、行方《ゆくえ》知れずになった修業仲間の亥之吉《いのきち》を案じている。居所を探そうにも、これといった伝手《つて》がなく、亥之吉が奉公していた日野家の内情がわかれば、手掛かりになるかもしれない。そこまでしてやる謂れはないと断られる覚悟もしていたが、石海は意外なことを口にした。

「亡くなった日野家の隠居は、茶人であったといったな？　実はわしは、その隠居に会《お》うたことがあってな」

「本当なの？　おじさん」と、お君が声をあげた。

「もしや、日野家の菩提寺は、五郎おじさんがいらした相典寺《しょうてんじ》なのですか？」

やはり気がかりなようすで、お永がたずねる。相典寺の檀家には番町の武家も多く、日野家もその中の一軒かとお永は問うたのだ。

「いや、あいにくと菩提寺は相典寺ではない。どこの寺かまではわからぬが、それだけは覚えておる」

「じゃあ、五郎、いったいどこで日野さまのご隠居に？」

「あそこの隠居は、燕舟《えんしゅう》という名の方が知られていてな。いわゆる茶人としての号だ。わしも一度だけ、燕舟翁《おう》の茶会に招かれたことがある。たしか、三年ほど前だったか……この頃では稀《まれ》なほど、雅《みやび》で大きな茶会であったわ」

茶会が催されたのは、さる大名家の中屋敷だった。見頃の菖蒲《あやめ》や燕子花《かきつばた》が咲き誇り、池の周囲を白や紫に彩っていた。庭のそこここに毛氈《もうせん》を敷き、日除けの傘を立てるという大がかりな茶会で、茶席の主催者はその大名であるのだが、席の一切をとり仕切っていたのが日野燕舟だった。

「燕舟翁とは挨拶を交わしただけだが、お歳を召しているにもかかわらず、立ち所にその場を明るくするような、朗らかな御仁であった」

列席した者たちも、幕府のお偉方から諸大名やその子息、あるいは歌人や絵師、学者といった文人も見受けられた。位の高い僧も三人ほど招かれて、そのうちのひとりが石海であった。

「水や茶葉に気を配っていたのだろう、点《た》てられた茶も極上であったが、一緒に出た菓子が、ことのほか旨くてな。よう覚えておるわ」

菓子は風物に合わせ、白と紫の燕子花をかたどった生菓子だった。姿も見事だが、口に入れると白餡がことのほかなめらかで上品な甘さがあったと、石海がひときわ細かく説く。還暦を過ぎても、甘味の煩悩《ぼんのう》だけは健在なようだ。

「それ、きっと、亥之吉さんが拵《こしら》えたのよ！」

お君が嬉しそうに、手を合わせる。雲平が探している亥之吉は、日野家に菓子職人として奉公し、主に茶会の菓子を拵えていたときいている。

「あたしもぜひ、食べてみたいわ！　亥之吉さんの居所がわかれば、拵《こさ》えてもらえるかもしれないわね」

お君は違う楽しみを見つけたようだが、そうはいかぬだろうと、石海は首を横にふった。

「あれは茶と同様に、材が吟味されていた。粉も砂糖も小豆も、よほど値の張るものを使わねば、あの味は出せんだろうな」

「ほう、そんなに上等な代物かい」

菓子の話となると、つい興味がわいて、ふんふんと治兵衛がうなずく。

「そういえば、おじさん。今日の吹き寄せにもね、ちゃんと理由《わけ》があるのよ」

石海の前にある菓子皿を示しながら、お君がひとつひとつ説明する。五種の意匠は、この屋《や》の一家三人と、雲平と亥之吉を表していた。とたんに石海が、あからさまにむっとする。

「わしが、おらぬではないか！　雇ったばかりの職人が入っていて、どうしてわしが爪弾《つまはじ》きにされるのだ」

「だって、この吹き寄せは、雲平さんを励ますために拵えたのだもの。色柄が六つじゃ収まりが悪いし、おじさんのことを、うっかり忘れていたのよ」

それはなかろうと、石海の濃い眉が情けなく下がる。見かねたようにお永が口を挟んだ。

「お君、五郎おじさんを、あまりからかうものじゃありませんよ」

小さく舌を出し、お君が袂から巾着《きんちゃく》にした紙包みを出す。

「冗談よ。おじさんの分も、ちゃんと拵えてあるわ。お寺へのお土産にしてね」

巾着の中身は、六種目の吹き寄せだった。黒い擂《す》り胡麻《ごま》を生地に混ぜて、「石」を表している。店には五種だけを出したが、石海のためにお永とお君が工夫したものだった。

現金なもので、強面《こわもて》の僧侶の顔がたちまちほころぶ。

「そうかそうか、わざわざわしのために」

「五郎おじさん、後生《ごしょう》だから、日野のお屋敷について何かわかったら教えてくださいな」

「まあ、燕舟翁とは生前に会《お》うた仲でもあるし、できる限り話を拾うてみるわ。日野家の菩提寺さえわかれば、さほど造作《ぞうさ》はなかろう」

「ありがとう、五郎おじさん！　おじさんは、やっぱり頼りになるわ」

お君にもち上げられて、悪い気はしないようだ。石海が機嫌よく帰ってゆくと、治兵衛はこそりと呟《つぶや》いた。

「五郎の頑固も、お君にかかると形無しだな。何とも、他愛《たあい》ないもんだ」

きこえたらしいお永が、くすりと笑い、そうですね、と応じた。


弟の了承さえ得られれば、後は上々。雲平を迎え入れ、十日ほどは何事もなく過ぎた。

店から二町離れた麴町八丁目に手頃な長屋を見つけ、雲平は毎日そこから通ってくる。南星屋と同じ長屋の者たちやご近所にも一緒に挨拶に行き、顔つなぎも済ませた。これで憂《うれ》いなく雲平も落ち着いて働けるだろうと、すっかり気を抜いていた矢先のことだった。

ひと仕事終えて、井戸に手を洗いに行くと、長屋のかみさん連中がいつになくすり寄ってきた。

「職人が来てくれて、親方もひと安心だねえ。あの人、どこで見つけてきたんだい？やっぱり親方の伝手で、職人仲間を当たったのかい？」

「まあ、そんなところで」と、愛想《あいそ》笑いを返す。

雲平の来し方については、込み入った事情には何も触れず、少し前まで京の菓子屋にいたとだけ話してあった。

「京の菓子屋から、どうして江戸に？　何か、わけでもあるのかい？」

「そういや、歳はいくつだい？　ひとり身ときいたけれど」

「あの歳頃なら、どこぞに女房や子供がいてもおかしくないね。何かきいちゃいないのかい？」

早口の質問攻めに、目を白黒させるしかできない。しばしこたえに窮《きゅう》していたが、そのうち女房たちの意図が見えてきた。

「わざわざ京から呼び寄せたのは、親方の心算かい？　あの人に、後を継がせようとの腹積もりかね？」

「そうなると、お君ちゃんの婿《むこ》さんになるのかい？　それとも、お永さんのお相手かい？」

「歳からすると、お永さんの方が似合いだがね、親子ほど歳の離れた夫婦も、世間じゃあめずらしくはないからね」

三人の女房たちは、あからさまな興味を隠そうともせずに、目を輝かせ頰を紅潮させながら口々に言い合う。

「どっちにしても、うらやましいねえ。浮《うわ》ついたところがなくて実直そうだし」

「ちょいと愛想がないけれど、またそこがいいんだよ」

「あたしゃ、あの苦み走った顔がたまらないね。うちの宿六《やどろく》とは、えらい違いだよ」

わざとらしいため息に、どっと笑いが起こる。なるほど、と、治兵衛はようやく合点がいった。要は雲平は、女たちに気に入られているのだ。

老主人と娘と孫。以前の南星屋なら、煙ほどの噂も立ちようがないが、そこに男がひとり入っただけで、たちまち想像がふくらむ。ふいの闖入者《ちんにゅう》は、格好の的になる。毒にも薬にもならぬ男なら、ここまで的にされることはなかろうが、雲平は女たちの目を引くようだ。

この手の話なら女同士で交わされるのが相場だが、お永は常にていねいな物腰ながらも、下世話な話にはさっぱり乗ってこない。若い娘らしく他愛ない噂にはすぐにとびつくお君でさえも、こうした女房連中の露《あら》わな詮索《せんさく》好きには抵抗があるようだ。女房たちにしても、亭主と離縁したお永や、少し前に縁談が壊れたお君には、まともにきくのはさすがにはばかられるのだろう。残ったひとりが、治兵衛というわけだ。

何やら胃の腑《ふ》の底あたりから笑いがこみ上げてきて、口許がゆるむ。

「あいつに惚れ込んでいるのは、お永でもお君でもなく、あっしでさ。菓子職として間違いのない腕に、すっかり参っちまいやして」

女房たちが一様にぽかんとし、その隙に治兵衛は井戸端から退散した。

潜戸《くぐりど》に入りしな、やっぱり跡継ぎにするつもりかねえ、との声が背中に降ってきた。

仕事場では、雲平が後始末をしていた。打ち粉で真っ白になった木製の菓子台を、濡れ布巾できっちりと拭《ぬぐ》い、さらに乾いた布巾でていねいに仕上げる。木目を丹念に改めるような、心のこもったやりようだった。木型やら麺棒やらも、すでにきれいに始末してある。道具がどれほど大事か、本物の職人なら身にしみているものだ。

真剣なその横顔をながめながら、つい呟いていた。

「こいつは、男ぶりがいいからな。よけいに女たちの目が張りつくというわけか」

どうにもくすぐったくて、けれど息子を褒められたようで悪い気はしなかった。

決して美男というわけではないが、黙っていても匂い立つような男くささが、香のように女を引き寄せるのだろう。男の治兵衛では効きようもないが、お永やお君も女には違いない。

ふたりの目には、雲平はどう映るのだろう？

ふとその考えがよぎったが、気づいたように雲平がふり返った。

「親方、何か？　不調法《ぶちょうほう》がありやしたか？」

「いや……どうもおれは、菓子以外には疎《うと》くってなあ。色々と気がまわらねえなと、いまさらながらに思ってな」

「あっしもでさ」

短い返しながら、互いに微笑み合う。それだけで気が晴れた。


同じ日の夕刻、意外な客が南星屋を訪ねてきた。

「ご無沙汰しております、大叔父上。ふいにお訪ねして、申し訳ありません」

治兵衛に向かって、深々と頭を下げる。

お永は買い物に、お君は近所の仲良しのおいまのところに行っていた。雲平は、昼《ひる》餉《げ》を終えたらいったん長屋に戻るのが常であり、ひとりで留守番をしていた治兵衛は大いに慌《あわ》てた。それくらい、思いがけない客だった。

「これは若さま……いえ、ご当主さまでしたね。こんなむさ苦しいところに、わざわざお運びいただくとは。文のひとつでも寄越してくだされば、私の方から伺いましたのに」

口調《くちょう》を改めて、少しばかりていねいに治兵衛は応じた。

「いえ、今日はお見舞いとお詫びに伺ったのですから、大叔父上にご足労をかけるなぞとんでもない。お手を痛めたとききましたが、お加減はいかがですか？」

白布が巻かれた左手に、心配そうな目を向ける。

治兵衛の実家にあたる岡本《おかもと》家の現当主、志隆《ゆきたか》だった。治兵衛には又甥《またおい》、つまりは甥の息子にあたる。

甥の慶栄《よしえ》は、まだ四十前だが、さる悶着《もんちゃく》の責めを負って昨年隠居した。家禄五百石の岡本家を継いだのは、二十一歳のこの志隆だった。

「昨日、石海さまが本郷《ほんごう》の屋敷を訪ねてくださいまして、その折に大叔父上の難儀を伺いました」

若い当主によけいなことを吹き込んだのは、どうやら弟の石海のようだ。

すでに怪我をしてから、二十日以上も経っている。力を込めぬ限りはまったく痛みはなく、大げさな白布など必要ないのだが、自由にさせておくと、どうしても働きたがる。

「駄目よ、おじいちゃん。動かしては治りが遅くなる上に、妙な具合に筋が固まって後々に障るかもしれないと、お医者さまに言われたじゃないの。きちんと治るまでは、外してはいけません！」

まるで幼い子供に言いきかせるみたいに、お君からこんこんと諭《さと》されて、仕事を終えるたびに、お永がきっちりと巻き直してくれる。

「いや、娘や孫の言いなりとは、何とも情けない限りですが」

苦笑しながら首の裏に手をやったが、日常のほのぼのとした情景をまのあたりにでもしたように、それまで緊張ぎみだった若侍の顔が、ほんの少しやわらいだ。

「もっと早くに、お詫びに伺わねばと思うていたのですが、私が迂闊《うかつ》に顔を出すのは障りになるかとはばかられまして……」

ためらいがちなようすに、この青年の気遣いが見てとれる。歳の割にしっかりして見えるのは、家督を継いだためばかりでなく、もって生まれた性分故《しょうぶんゆえ》だろう。両親にはあまり似ておらず、そのかわり、目鼻の造作も堅実な性質も、治兵衛の父や兄の血が濃く表れていた。

「お気遣いいただいて、ありがとうございます。おかげさまで、すっかり落ち着きました」

相手の気持ちを汲むように、心を込めて治兵衛は告げた。

狭い居間に向かい合い、改めて志隆は謝辞を述べた。

「すべては父の軽はずみが招いたこと。他ならぬ大叔父上のご尽力のおかげで、お役目を賜《たまわ》ることができ、本郷の屋敷にも留まることを許されましたが……」

と、志隆は、膝の上にある両手を、きゅっと握りしめた。

「割を食ろうたのは、お君です。何の屈託《くったく》もない明るい娘であったのに……可哀《かわい》そうなことをしてしまいました」

弟の石海が、四ツ谷の大寺を辞めさせられたのも、前当主の慶栄が小普請組《こぶしんぐみ》に落とされたのも、またお君の縁談が覆されたのも、すべての元凶となったのは、治兵衛の出自である。その経緯は、治兵衛と弟の他には、岡本家代々の当主にだけ知らされていたのだが、甥の慶栄は、その秘事をうっかり他人にしゃべってしまった。現当主が我が事のように恐縮しているのはそのためだが、志隆が心底済まなく思っているのは、お君に対してのようだ。

お君は、平戸《ひらど》藩松浦《まつら》家の藩士と互いに思い合い、いったんは成就《じょうじゅ》したかに見えた。花嫁修業として、岡本の家に行儀見習いに行ったのは去年のことだ。婚礼を控えた若い娘は、誰よりも華やいできらきらと輝いて見える。そんなお君の姿を間近で見ていただけに、ことさらに罪の意識を感じているのかもしれない。

「この志隆、此度《こたび》の不始末は肝に銘じております。この先一生……たとえ大叔父上の前であろうとも、決してあのことは口にしまいと誓います。それがせめてもの、お君への詫びだと思うています」

真摯《しんし》に訴えるその顔に、若いころの兄の面影が重なって、治兵衛はつい微笑した。

「ご当主さまのお心遣い、痛みいります。図々しいようですが、私からもひとつだけ、お願いがあります」

「何なりと」

「私の出自については、志隆さままで打ち止めにしてください。次の当主になられるお子さまには、伝えずにいてくださいまし」

「しかし……よろしいのですか？」

治兵衛は岡本の血筋ではなく、殿さまの御落胤《ごらくいん》である。本人の望みで町人に下ったとはいえ、粗略にあつかうことのないようにとの配慮から、岡本家代々の当主にはこの事実が伝え継がれていた。

「あっしもうこの歳ですし、すっかり菓子屋の親父が身につきました。娘や孫にいたっては、ほとんど何も知らされず、生まれついての町人です。あんなこととは無縁でいた方が、よほど幸せに暮らせまさ」

「さようですか……他ならぬ大叔父上の望みとあらば、否やはございません。委細、承知仕りました」

志隆は生真面目にそう請け合ってくれたが、何故《なぜ》だか少しだけ残念そうな顔をした。おや、と首をかしげたが、そのときの治兵衛には思い当たる理由は浮かばず、たずねる間もなく戸を開け閉めする音がした。

「まあ、岡本のお殿さまでしたか……ご挨拶が遅くなり、ご無礼いたしました」

買い物に出ていたお永が戻ってきて、ていねいにお辞儀する。

「今日はいつにも増して、お暑うございますね。いま、麦湯をおもちしますから」

茶さえ出していなかったことを思い出し、治兵衛が頭をかいた。

「すみません、気がつきませんで」

「いえ、私も土産を渡すのを忘れておりましたから、お互いさまです」

志隆が慌てぎみに、鬱金色《うこんいろ》の袱紗《ふくさ》包みを懐から出した。中身は平べったい、ふたつの紙包みである。ひとつは油紙にくるまれていて、傷によく効く膏薬《こうやく》だと志隆は述べた。

「もうひとつは土産です。反物なぞの方がよいかと、あれこれ思案したのですが……」

菓子屋に菓子折を持参するわけにもゆかず、頭を悩ませたのかもしれない。遠慮がちに、紙包みを畳にすべらせた。包みには、赤穂《あこう》の塩と書かれていた。

「菓子屋に塩とは、何やら縁遠いようにも思いましたが……。祖母の古い知り合いが赤穂におりまして、毎年送ってくだされるのです」

志隆の祖母の芳子《よしこ》は、治兵衛や石海にとっては兄嫁にあたる。書と和歌に秀でた才女であり、それでいて気性は朗らかだ。お君が行儀見習いに行った折にも、たいそう可愛がり何かと目をかけてくれた。闊達《かったつ》な芳子の顔が浮かび、治兵衛は思わず笑顔になった。

「菓子屋とはいえ、縁があるのは砂糖ばかりではありやせん。塩もまた大事な材ですから、有難く使わせていただきやす」

志隆が、ほっとした表情になる。ようやく緊張がほぐれたのか、お永が出した麦湯をこくこくと喉を鳴らして旨そうに飲んだ。

「新しいお役目は、いかがです？　慣れないうちは、何かと気苦労も多うございましょう」

治兵衛が水を向けると、忌憚《きたん》なく話し出す。岡本家は三代にわたり、西の丸で役目を得ていた。三代目の慶栄だけはかるい役目に甘んじたものの治兵衛の父と兄はお世継ぎさまの側仕えをしていた。目端の利く者なら殿さまに取り立てられて、本丸に移り重要な役目を得て、出世を果たす者もいる。

しかし父や兄は、決して多くを望まなかった。立身出世の人生には、波風がつきものだ。江戸城内で権を競い、力を誇示し、才を発揮する。生涯にわたってこれを通していくには、強い欲と気概が必要であり、家柄以上の見返りを望むなら、周囲からの嫉《そね》みを買って潰される危うさも伴う。父や兄は、それを避ける人生をえらんだ。五百石という身代に見合う務めを果たし、次の世代につつがなく渡す。身を慎み、要らぬ欲を出さず、家を守る――。人によっては、小物よ小心よと侮《あなど》る者もいるだろうが、それが岡本の家を守る何よりの道であり、当主たる者の責務と心得ていた。あいにくと三代目の慶栄には欠けていたが、幸い四代目の志隆は戒めを忘れてはいないようだ。

「役料は二百俵ですから、岡本の家格にすれば端役《はやく》と言えるのですが……」

「いえいえ、同じ西の丸の中奥詰めを配されただけでも、たいしたものです。精進《しょうじん》なされば、きっとまた、お世継ぎさまの御側仕えを仰せつかりますよ」

「はい、私もその心得でおりまする。これからいっそう、お役目に励むつもりです」

清々《すがすが》しい返辞に、治兵衛が目を細める。

当主とはいえ歳はまだ若い。志隆がこのほど就《つ》いたお役目は、西の丸の腰物方《こしものかた》であった。

腰物方は名のとおり、刀の管理を任されている。お世継ぎさまの腰の物はもちろんのこと、将軍家から大名や役人に下賜《かし》される拝領刀の仕度《したく》や、あるいは諸侯から献上される、刀や脇差しの研ぎや手入れに従事するが、世継ぎの居室にあたる中奥の雑務一切が、仕事といっても過言ではないようだ。

志隆が滞りなく勤めれば、いずれは父や兄と同様、小姓か小納戸《こなんど》といった世継ぎの世話役を賜るはずだ。本郷の拝領屋敷に、留め置かれたのがその証しだった。

この志隆なら大丈夫。これでひとまず、岡本家も安泰だ——。

大きな安堵に襲われて、その拍子につい、らしくない差出口をきいてしまった。

「お役目に就かれたとあれば、次は嫁取りですな。お年頃もよろしいですし、もしや縁談なぞも、すでにおありですか？」

とたんに志隆の頬に血の気が上り、はあ、まあ、とはっきりしない返事で口をにごす。

女子《おなご》と違って男子の婚姻には適齢なぞはないものの、武家なら概ね二十歳前後が多かろう。先代の慶栄はとりわけ婚儀が早く、十七歳で妻を娶った。そのころ先々代が病を得たことも理由のひとつだが、浮ついたところのある息子には、さっさと身を固めさせた方がよかろうとの、芳子の判断があったときいている。翌年、生まれたのが志隆だった。

二十一歳なら、結婚にはちょうどいい歳頃だが、袴《はかま》の上に置かれた両手は、落ち着かなげに握ったり開いたりをくり返す。

若者らしい照れだろうと、治兵衛は呑気《のんき》に構えていたが、麦湯のお代わりと菓子を運んできたお永は、ちらりと若侍を見遣る。その視線には気づかぬまま、志隆は気を紛《まぎ》らすように菓子皿に手を伸ばした。

「これも大叔父上が、拵えられたのですね？　何という菓子ですか？」

「豆銀糖《まめぎんとう》といいやして、陸奥盛岡《むつもりおか》で見覚えました。青豆の粉に、砂糖と水飴を加えたものでさ」

菓子の話となると肩の力が抜けて、自ずとくだけた口調になる。今日もふた品を拵えたが、甘味噌を載せた葛《くず》焼きは、おいまの大好物だからと、お君がもっていってしまった。

皿に載った薄緑色の菓子を、志隆がめずらしそうに繁々《しげしげ》とながめる。

「なるほど、この一切れが、豆銀というわけですか」

一種を餅状にこねあげて、棒形に整える。羊羹《ようかん》に近い形だが角がなく、切った面が一分銀に似ていることからその名がついた。志隆はその一切れを手にとって、ぱくりと半分ほど頬張った。その目が、驚いたように丸く広がった。一切れをきちんと喉の奥に収めてから、口を開く。

「咬《か》んだとたん、きな粉の風味が口いっぱいに広がりました。素朴ですが、何とも滋味深い。こんな菓子は、初めて食べました」

「大豆ではありやせんが、たしかにきな粉の風味とよく似ています。青豆の粉は、あの辺ではよく使われておりやしてね」

三切れの豆銀糖は、実に気持ちよく若者の腹に収まって、作り手としても甲斐があるというものだ。麦湯の茶碗をもち上げて、志隆は改めて治兵衛の左手に目を注いだ。

「片手が利かぬというのに、どうしてかように旨い菓子が作れるのか、不思議でなりませぬ」

「先頃入った、職人のおかげでさ。歳は若いが腕は滅法いいもんで、動かねえあっしの手より、よほど頼りになりまさ」

にこにこと告げたが、麦湯を含んだ志隆が、激しくむせた。ごほごほとやりながら、何とか息を整えて顔を上げる。

「こちらで、職人を雇われたのですか？」

「はい……弟から、きいちゃおりやせんか？」

「いえ、石海さまからは何も……。若いというと、ひとり者ですか？　もしや、お君の婿にと、お考えなのですか？」

思いがけない食いつきようは、治兵衛が呆気《あっけ》にとられるほどだ。よもや井戸端のかみさん連中と同じ見当を、この若い当主の口からきかされるとは思いもよらなかった。

「いや、若いといっても、あくまであっしよりもということで。たしかにひとり者ですが、歳は四十一、お君の婿なぞとは夢にも……」

治兵衛が慌てて否定すると、志隆の顔にわかりやすい安堵が浮かんだ。その安堵が意外なほどに深く、治兵衛をひどく戸惑わせた。いまさらながらに己の醜態に気づいたのか、志隆はばつの悪そうな顔をしたが、しばしの逡巡の後、思い切ったように切り出した。

「大叔父上は、お君をふたたび武家に出すおつもりは、ありませぬか？」

「……え？」

咄嗟《とっさ》のことに、応じることもできない。ひどく面食らう治兵衛に向かい、志隆は重ねた。

「行儀見習いは未だ半ばにありましたが、私の目から見ても、お君はどこに出しても恥ずかしくない娘です。あの祖母も、太鼓判を押しておりました」

孫を褒められても、何故だか少しも嬉しくない。不安だけが、治兵衛の胸に去来した。

「そのう……ご当主さま。もしやお君に済まないとのお気持ちから、縁談でも世話してくださるおつもりですか？」

「祖母は、その心積もりがありますし……当主たる私も、お君の先々については、できる限りのことをしたいと思うておりまする」

真剣な目だった。正面からその目をとらえたとき、ようやく治兵衛は、この若者が今日訪ねてきた意図を正確に察した。

治兵衛はこたえに窮した。好いた相手であったこともあり、破談はお君の心を深く傷つけた。いまはすっかり傷は目立たなくなり、表からは家族でさえもわからぬほどだが、未だに深いところでは血がしみ出していてもおかしくない。できる限り触らぬよう、大事にするよう心掛け、どうにか落ち着いてきた矢先のことだ。

お君は十八になり、実を言えば、近所からそれとなく縁談を匂わす話が舞い込むこともある。それでもいまは、嫁入りが遅れることよりも、傷を癒《いや》す方が先に立つ。もう一度武家に嫁入りしてみないかとは、口が裂けても言えなかった。

ここはやはり、自分が断るより仕方なかろう。重い口を開きかけたが、それより早く、お永が身を投げ出すようにして畳に顔を伏せた。

「そのお話は、何卒《なにとぞ》ご勘弁くださいまし！」

「お永……」

「ありがたく、勿体ないお話だと、重々承知しております……それでも私は、娘をお武家さまに嫁がせるつもりはございません」

決して差出口をたたかぬお永が、畳に頭をこすりつけるようにして必死に告げる。それは、娘をひたすら案じる、母の姿だった。

「お永殿、どうぞ頭をお上げください。できれば、理由《わけ》をきかせてはもらえませぬか？」

志隆に穏やかに促されても、お永は這いつくばったまま動こうとしない。その姿のままで、理由を申し述べた。

「娘が望んだことですので、いったんは手放す覚悟をいたしました。ですが、娘と離れるのはやはり忍びないと気づかされました。親の手前勝手に過ぎませんが、あの子と引き離されるのは耐えられません」

「先の許嫁《いいなずけ》は、平戸松浦家のご家中でしたから、江戸と平戸ではたしかに遠うございます。ですが、同じ江戸の内なら……」

「いいえ、お武家の敷居というものは、私どもにとってはことさらに高うございます。いくら父のご縁がありましても、私や娘にとっては縁遠い場所。嫁いだ娘を、気軽に訪ねることもできません。さように寂しい思いは、親としては辛うございます」

親の身勝手だと、懸命にお永は訴える。これは娘の、一世一代の「嘘」なのだと、遅まきながら治兵衛は気づいた。お永は決して、自分勝手を通す女ではない。娘の幸せのためなら、どんなことでも耐え忍ぶ、そういう母親だ。おそらく本当の理由は、治兵衛と同じ――せっかく鎮《しず》まった娘の心を、無闇に揺さぶりたくないだけなのだろう。けれどどうしてだか、それを明かさず、ただただ親の我儘《わがまま》として通している。

治兵衛が異を唱えなかったのは、娘を信用していたからだ。思慮深いお永には、何かきっと母親として、祖父にわからない考えがあってのことに違いない――。

「お殿さま、はばかりながら、私も娘と同じ気持ちです。あの子がいないあいだ、たいそう味気ない思いをしました。できればお君は、ここからそう遠くない町人の家に嫁がせて、ひ孫の顔を拝みに通いたいと……それが老いた爺の、ささやかな望みです」

「さようですか……大叔父上と母御のお考えは、ようわかりました」

可哀そうなほどに肩を落としながらも、志隆はふたりの思いをくみとってくれた。娘とともに往来に出て、若い当主を見送ったが、その背中がひどく頼りなく見えて、罪の意識が消えなかった。

「お父さん、今日のことは一切、お君には内緒に……」

「ああ、そうだな……。そのう、お永……おれの思い過ごしかもしれねえが、ご当主が仰《おつしや》った縁談てのは、ひょっとして……」

「縁談ではなく、志隆さまご自身が、お君を気に入られたのでしょうね」

実にさらりと、お永は告げた。志隆は真面目な性分で、お君もすでに嫁入りが決まっていたのだから、最初は妹を見守るような気持ちだったのかもしれない。けれど歳も近く、三月以上も同じ屋敷の内に住まっていた。それなりの情はわくだろうし、破談に至った折には、打ちひしがれた姿をまのあたりにしている。そういう成行きの中、恋慕《れんぼ》めいた気持ちが芽生えてもおかしくはない。

互いに口にはしなかったが、お永もおそらく同じように考えているのだろう。家に戻りしな、ため息のようにこぼした。

「志隆さまは、申し分のないお方です。だからこそ、あえてお断りしました」

「そいつは、どういう？」

「旗本のお殿さまが見初《みそ》めてくださるなんて、若い娘なら誰だってのぼせ上ってしまいます。お君に同じ過《あやま》ちを、くり返してほしくないんです」

武家との縁談を、過ちだとお永は言った。娘がこうもはっきりと断じるのもめずらしいが、やはり娘大事の親心からだろう。町屋の娘にとって、武家に嫁ぐのは荷が重いものだ。もう二度と、そんな荷など背負わせたくはない。たとえ暮らしの苦労はしても、気ままに心置きなく過ごしてほしい。それが辛い目に遭った娘への、母としてのたったひとつの願いだった。

「いまはまだ、お君をそっとしておきたい……そう明かせば、志隆さまなら待つと言いかねませんから」

「ああ、それでか。だから親の我儘なぞと、らしくない方便を」

「たとえ一度、痛い思いをしていても、すぐに立ち直る見境《みさかい》のなさも、若い娘ならではですからね。お父さん、決してお君には、明かさないでくださいね」

わかったよ、と約束しておきながら、その日の晩、早くも孫に露見してしまった。

お君はまったく思いがけないところから、志隆の来訪を知ったのである。

夕餉《ゆうげ》の後、雲平は長屋に帰り、お永は台所で茶碗を洗っていた。

この時間は、その日の売り上げを勘定して帳面付けなどをするのが常で、この頃ではお君に任せきりになっている。お君は算盤《そろばん》やら筆墨やらを茶箪笥《ちゃだんす》からとり出したが、気づいたように祖父にたずねた。

「おじいちゃん、もしかして、志隆さまがいらしたの？」

「え！　いや、その……どうして、そんなことを……」

「だって、ほら、『月輪《つきわ》に豆雁金《まめかりがね》』。これって、志隆さまの替紋だもの」

志隆は、土産を包んできた袱紗を忘れていった。お永がひとまず茶箪笥に仕舞っておいたのを見つけたようだ。お君が示してみせたのは、その鬱金色の袱紗に抜かれた図柄だった。

「この豆雁金が、ことさら可愛らしいでしょ？　可愛い紋ですねって褒めたつもりだったのに、これは半人前の証しだからって、志隆さまには返されて」

岡本の定紋は『三つ飛び雁』だが、当主のみに許される。それまでは替紋を使うのが岡本家のしきたりで、豆雁金は継嗣たる長男の印だった。そういえば長兄も豆雁金だったと、治兵衛は懐かしく思い返した。

「ご当主さまになられても、きっとこの袱紗は大事にされていて、手放し難いのでしようね」

お君には何の含みもないが、治兵衛には別の意味にもとれた。

「そういえば、この鬱金色……前に志隆さまからいただいた、杏《あんず》の色に似ているわ」

ふっと懐かしそうな顔をする。表情がよく動き、歳よりも子供っぽくも映るのだが、時折こんなふうに、妙に大人びた気配をまとう。

「河路《かわじ》さまとの縁談が駄目になったと、お芳さまから伺って、うまく飲み込めなかったのね。一日中、部屋でぼんやりしていて……」

日が落ちてから、女中が夕餉を告げにきたが、要らないと断った。では、せめてこちらだけでもと、籠に載せたしわしわとした黄色い実をさし出した。

「志隆さまが、置いていかれたものだと、お女中が教えてくれたわ。心配して、お見舞いにきてくださったのだけど、声をかけるのも遠慮されたんでしょうね。廊下に干《ほし》杏《あんず》の籠だけを、置いていかれたって……」

「……そうかい」

「ほんのりと香りがして、ひと口かじってみたの。それが思いのほか酸っぱくて、とたんに涙が出て……それからひと晩中、泣き通しだったわ」

ふふ、と、少し恥ずかしそうに笑う。泣くことができたのは、お君にとっては幸いだったろう。行き場のない気持ちを、吸いとって外に流してくれるのは涙だけだからだ。

きっかけを与えてくれたのは志隆だったのかと、有難さが胸にしみた。杏に込められた志隆の優しさが、袱紗を通して伝わるようだった。

「ね、志隆さまは、何のご用でいらしたの？」

「じいちゃんの、見舞いに来てくれただけだ……五郎にきいたみたいでな」

「それだけ？」

じっと視線を向けられて、目の端にちらちらと映る黄色い布も無視できない。黄身色のその袱紗は、志隆の心残りのように思えて仕方がない。

袱紗に訴えかけられて、つい、ボロを出してしまった。

「実はな、お芳さまなんかが、お君のことを心配していてな……よければ縁談を世話すると、言ってくださったんだ。むろん、相手はお武家だろうが」

肝心なところは伏せて、そう説いた。ひどく歯切れが悪かったが、それも祖父の気遣いと、お君は解釈してくれたようだ。

「なあんだ、そういうことなの。道理でようすがおかしいと思ったわ。おじいちゃんたら、あたしに気兼ねして、黙っておくつもりだったのでしょ？」

「面目《めんぼく》ねえ」

「で、岡本のお家には、何ておこたえしたの？」

「ひとまずは、お断りしたよ。じいちゃんもおっかさんも、もうちっとお君と一緒にいたくてな」

それだけは本心で、お君にも伝わったのかもしれない。いやあね、と祖父をぶつ真似をしながらも、嬉しそうな顔をする。

「でも、断ってもらってよかったわ。あたしもお武家に嫁ぐつもりは、もうないもの」

「お君は、それでいいのかい？　せっかくの花嫁修業が無駄になると、先さまは案じていてな」

「だってお武家って、やっぱり大変ですもの。こうして町屋に戻ってみると、しみじみ思うわ。行儀作法ももちろんだけど、いちばんつらかったのが無闇《むやみ》に笑っちゃいけないところね」

お君の笑いのツボは、意外にも先代当主の慶栄だったようだ。武士としては何かと不調法者なのだが、そのぶん人間臭くお君には映ったようだ。ことに慶栄が、母の芳子といるときは傑作だったと話の種を披露する。

「先代さまときたら、お芳さまの前では、『はい、母上。かしこまりました、母上』しか仰らなくて。傍《はた》できいていると、お腹《なか》がよじれそうなほどにおかしくてならないのよ。それでも笑っては無作法になるし、お屋敷のどなたかに話すわけにもいかないしで、ひとりで笑いを収めることが、あれほど難儀だとは思わなかったわ」

軽妙な話しぶりに誘われて、治兵衛も思わず肩を揺する。

「そうそう、そんな風に一緒に笑ってもらえると、すっきりするでしょ？　でも、仮にも殿さまを話の種にするなんて、やっぱり無作法よね？」

「この家《や》の内なら、大目に見てもらえるさ」

甘やかすようにそう告げたのは、ひどく嬉しかったからだ。破談の因には、慶栄も絡んでいる。代替わりしたことから、お君も薄々は察していよう。それでもこうして屈託なく話題にするのは、慶栄や岡本家に、恨みを抱いていない証しだった。

何よりもそれが有難く、心が晴々した。

「そういえば、縁談で思い出したのだけど、今日ね、別の人にもそっくり同じことをたずねられたのよ」

「へえ、誰だい？」

何気ないふうに返しながら、かみさん連中とのやりとりを思い出し、ひやりとした。整いかけた縁談が壊れた娘というのは、そんなにも世間の目から、うるさく見られているのだろうか？　鳩尾《みぞおち》あたりがにわかにしくしくと痛んだが、お君があげたのは意外な名前だった。

「清吉《せいきち》って人でね、おじいちゃんとも見知りだと、やけに馴れ馴れしかったけれど」

きいたような気もするが、咄嗟には出てこない。お君とおいまが、古着屋の店先で冷やかしをしていたときだ。後ろから声をかけられたという。

「うちの店にもね、時々来るお客さんだから、最初は愛想よくしてあげたのよ。それが話をきいてみたら、よりにもよって左官職人で、しかもおとっつぁんの回し者だったのよ」

何も言うことはないと、あかんべえをして帰ってきたと、憤然《ふんぜん》と語る。

これでも以前よりは父の悪口もだいぶ減っていて、お君なりに控えているのだろうが、急にぶり返しでもしたように祖父にふくれっ面をする。

「思い出した。清吉っつぁんは、悪い男じゃないよ。前にじいちゃんが迷っていた折に、親切に道を教えてくれたんだ」

「油断ならないわ。どうせ、おっかさんとの復縁を考えているに違いないもの」

ぷい、とお君が、そっぽを向く。

お永の元夫、お君の父親の修蔵《しゅうぞう》は、左官職人をしている。別の女とねんごろになって一時は江戸を離れ、お永とは夫婦別れしてしまったが、一昨年、江戸に帰ってきて、いまは千駄《せんだ》ケ谷町《やちょう》の長屋に住んでいた。男のひとり所帯では何かと不便だろうと、お永は時折、千駄ケ谷に通っているが、娘のお君がこの調子では元の鞘《さや》に収まることも難しい。父親が他所に女を作った事実は、多感な娘には受け入れがたいものなのだろう。

清吉は修蔵の仕事仲間で、客として南星屋に顔を出していた。その繋がりを明かしたために、回し者だと不興を買ったようだが、若い職人の嫌味のない風情を思い出し、治兵衛は悪い気はしなかった。

そうだ！　とお君が、ぽん、と手をたたく。お君がこの仕草をするのは、往々にして突拍子もないことを思いついたときだと相場が決まっている。

「雲平さんとおっかさんが、一緒になればいいのよ！　歳まわりもちょうどいいし、これで南星屋も安泰でしょ？」

「お君、おめえもかい……」

治兵衛の口から、思わず大きなため息が出た。

「今日の菓子は、『塩味饅頭《しおみ》』と、『つや袱紗《ぶくさ》』にするよ」

翌朝、治兵衛は、雲平に菓子の趣向を明かした。

雲平は毎朝、治兵衛が起きる頃には店に来て、親方が菓子の思案をするあいだ、仕事場の仕度を整えてくれる。

「塩味饅頭ならきいたためしがありますが、つや袱紗というのは初めて耳にしやした」

「そんな名の菓子があったなと、昨日ちょいと思い出してな。備前岡山《びぜんおかやま》で見覚えたもんだ」

土地の名物ではなく、たまたま当地の菓子屋でめぐり合った。岡山にいた雲平も知らなかったようだ。

「たしか料理には、袱紗卵がありやしたね。それと、似たものですかい？」

「具の入った、柔らかな卵焼きのことだろ？　似ているといや、近いかもしれねえな」

と、治兵衛はうなずいて、お永に探してもらった菓子帳を開いた。不出来な饅頭のような菓子が載っていて、これは決して治兵衛の絵が拙《つたな》いためではない。

「卵と砂糖、小麦粉の皮で、餡を包んだものなんだが、皮に甘酒を足してな、少うしふっくらさせるんだ。皮に小さな穴が開いちまうから、見てくれは軽石みてえで正直ぱっとしねえんだが、そのぶん口あたりはよくってな」

なるほど、と菓子帳に見入りながら、親方の説明に熱心に耳をかたむける。

餡を包むから袱紗とついたか、あるいは皮を鬱金で染めるためかもしれない。皮の材はカステラに似ているが、卵の量はぐっと少ないから、それだけ客の懐《ふところ》も痛まない。

志隆の気持ちを無下《むげ》にした申し訳なさ故に、せめて菓子にしてみようかと思いついた。

もうひとつの塩味饅頭もまた、志隆の手土産がきっかけである。

瀬戸内海沿岸は塩の産地として有名で、播磨《はりま》赤穂二万石は、ことに質が良いと名高い。赤穂の塩を使った塩味饅頭もまた、この地の名物で、赤穂浪士の討ち入り後は「義士まんじゅう」と称されて、江戸でもたいそうな評判をとったときくが、なにせ元禄《げんろく》の頃だから、ざっと百五十年近く経っている。

治兵衛が岡山で出会った饅頭は、その後に工夫が施され、当時よりもずっと洗練されたものだろう。餡に加える塩の加減が絶妙で、甘さを引き立てて後味がさらりとしていた。

るからよ」

「餡の方はおれがやるから、雲平は袱紗と饅頭の皮を頼めるかい。按配《あんばい》はおれが教え

へい、と気持ちよく返事して、粉やら砂糖やらを手早くそろえる。

治兵衛も最初はさん付けで呼んでいたが、いまは弟子であり雇人だから呼びつけにしてほしいと当の雲平から頼まれたのだ。やがていつも通りの時間にお永が、今日はめずらしく早く起きたお君とともに、仕事場に顔を見せた。

「おはようございます、お永さん、お君さん」

ふたりのことは、おかみさん、お嬢さんと呼んでいたのだが、これには逆にお君から注文が入った。

「連れ合いがいないのだから、おかみさんはおかしいわ。あたしも、お嬢さんて柄《がら》じゃないし」

お君の文句を受けて、以来、名で呼ぶようになった。

何年ものあいだ、家族三人きりでまわしてきた。他人が入れば、ぎくしゃくしてもおかしくはないのだが、思う以上に滞りがなかった。それはひとえに雲平が、周りをよく見て気働きをしてくれるおかげであった。

塩味饅頭は何度か拵えたことがあるが、つや袱紗は店に出すのは初めてだ。多少も

たつくことも覚悟していたが、ちゃんと昼九つの開店に間に合って、出来も悪くなかった。

「皆さま、お待たせいたしました。今日の菓子は、瀬戸内尽くしでございます」

菓子の趣向を述べる、お君の口上がきこえてきたころ、弟の石海がやってきた。

「もしや、日野家の内情が、何かわかったのかい？」

弟の前に菓子を並べながら、気遣わしげに治兵衛がたずねる。雲平は常のとおり、仕事場で後片付けをしていた。

「そっちは、もう少し待ってくれ。人伝《ひとづて》に話を拾うておるところだが、まだ日野家に詳しい者には行き着いておらんのだ」

嬉しそうに菓子皿に目を落としながら、石海はそう言い訳した。

「それより、昨日、志隆が来ただろう？　あの話は、どうなった？」

「あの話って、何だい？」

「とぼけるな。志隆とお君の、縁談のことよ」

ぱくりとつや袱紗を頬張って、にんまりする。悪戯気《いたずらげ》なその顔を見て、治兵衛はすべてを察した。

「あの縁談を仕掛けたのは、五郎、おまえか！」

「まあな……おっ、この菓子は、見かけの割に旨いな。ふんわりした皮が、舌の上で溶けるようだ」

「まったく、よけいなことをしてくれたな」

「それはなかろう、兄上。あくまでお君の行く末を、案じてのことだ。新しい雇人やら左官職人の回し者やら、悪い虫ばかりが増えておるからな、うかうかしておられぬわ」

事の起こりは、石海が一昨日、本郷の屋敷に芳子を訪ねたときのことだという。その場には志隆も同席していたのだが、お君を気に入る芳子が、志隆の嫁に欲しかったともらしたところ、当人が急にそわそわしはじめた。

「これはもしや、と思うてな。お芳さまの離れを辞去した後で、志隆に確かめてみた。あれも真面目な男だからな、なかなか白状せなんだが、そこは年季の入った坊主の手腕で、見事本音を引き出したというわけよ。気落ちした姿があまりに哀れで、お君が岡本の家を去ってからも、ずっと気になっていたそうだ。それならと、せっせと焚《た》きつけて、南星屋を訪ねる方便を与えてやったのよ」

口八丁な石海にかかれば、志隆など他愛もなく丸め込まれてしまったろう。つい志隆に同情しながら、縁談は断ったと告げる。

「ま、兄上やお永なら、さもありなんとわかってはいたが、それでもわしはまだ諦めておらんぞ。岡本の家に嫁ぐのは、お君にとって悪い話ではないはずだ」

と、石海は、岡本家が嫁ぎ先としてどんなに良いか、滔々《とうとう》と並べ立てた。芳子はむろんだが、舅姑《しゅうとしゅうとめ》にも障りはない。慶栄は当主としては不出来なものの、隠居した身であれば害はない。慶栄の妻もおっとりとした人で、やはりお君を可愛がってくれた。

「何より、当の志隆が見初めているのだぞ。どこにも不足のない嫁入り先であろうが」

「お君の気持ちを、忘れてらあな」

ぽつん、と返すと、鬱金色に染めた菓子が、何か言いたそうにしていた。

弟は、そのとなりの塩味饅頭にかぶりつく。

「ふうむ……いつもより、塩の加減が多くはないか？　ま、夏場なら、このくらいで良いのかもしれんが」

「そうか、ちょいとしょっぱいか……」

外から響くお君の明るい声が、治兵衛のぼやきをさらっていった。

みめより

町屋にはめずらしいが、この家には玄関がある。

裏店《うらだな》はもちろん、表店でもまず玄関なぞなく、通りに面した店から出入りする。間口一間《いっけん》の小店に玄関など、滑稽《こっけい》にすら映るが、ひと昔前は名主《なぬし》の家だったそうだ。名主はだいたい二、三町にひとりいて、町内で起きた揉め事を裁く役目に当たる。その折に白洲《しらす》の代わりとして使われるのが、名主宅の玄関だった。新居に引っ越したか別の者に代わったか、古い話だけに経緯はわからないが、名主は麹町《こうじまち》六丁目から去り、建物は三つに区切られて三軒の表店になった。

その東端が南星屋《なんぼしや》で、脇にあった玄関がそのまま残されたというわけだ。

とはいえ、何十年か前に名主がいた当時とは、街並みすら変わってしまったのだろう。店の東西は両隣の壁に塞《ふさ》がれて、北向きの玄関まで辿《たど》り着くのはひと苦労だ。南星屋とは反対側、三軒並んだ表店の西寄りの店の脇にある長屋木戸を潜《くぐ》り、ぐるうりと裏をまわる格好《かっこう》で井戸端《いどばた》を越えて、ようやく見つけられる。

不便な割に、案外利用する者が多いのは、南星屋の開店時間がひどく短いからだ。正午から、わずか一刻《いっとき》ほどで、その日出した菓子はすべて売り切れる。後片付けを入れても、せいぜい一刻半。後は戸を立てている上に、叩いたところで、この家のいちばん奥にある台所や仕事場まではきこえない。初めて訪ねる者は、近所の者たちの助けを借りて、長屋の内を通って玄関に達するしか方法がなかった。

どのみち店を終えれば、客は多くない。勝手を知った長屋の者くらいで、唯一足繁《あししげ》く通うのは、牛込《うしごめ》で住職を務める弟だけだ。

しかしその日、玄関から訪《おとな》いを告げたのは、きき慣れない上品な女の声だった。

「ごめんくださいまし。お頼申《たのもう》します」

昼餉《ひるげ》を終えた時分だった。店を閉じた八つ半過ぎに、遅い昼餉をとるのが日課で、大方は茶漬けに沢庵《たくあん》であっさり済ませる。長丁場の菓子作りに堪えられるようにと、朝餉だけはしっかりとるが、晩も冷やご飯におかずが一、二品。いたって質素だが、どこの家も似たようなものだ。

それでも最近は、さりげなくひと皿増えていたり、前よりも手をかけた総菜が並ぶようになった。家族がひとり増え、働き盛りの男であるだけに、その分台所に立つ娘が気を遣《つか》っているのだろう。決して愛想《あいそ》の良い男ではなく、旨《うま》い不味《まず》いも口にしないが、米粒ひとつ残さず気持ちよく平らげてくれるから、作り手としては満足のようだ。

今日も台所からは、煮物の匂いが漂《ただよ》ってくる。昼餉を終えると、すぐに夕刻がやってくる。娘のお永《えい》はすでに、夕餉の仕度にとりかかっていた。

治兵衛《じへえ》はそのとき、仕事場にいた。小さな踏み台を机にして、せっせと帳面に書きつける。新たに雇い人を入れてから、いつのまにか毎日の慣《なら》いになった。午前中、雇い人たる雲平《うんぺい》の手捌《てさば》きをながめ、気づいた点を帳面に記す。決して腕を計るための閻《えん》魔帳《まちょう》ではなく、治兵衛自身が雲平の技を盗むためだ。

仮にも主人が、雇われ者の技法に執心するなぞ浅ましい——。そう捉《とら》える者もいるだろうが、雲平は治兵衛の弟子ではない。神田《かんだ》の菓子屋で修業して、それから十年以上も渡り職人をしている。京や金沢《かなざわ》といった大きな街で、それなりに名のある菓子屋を渡り歩いた。二十五年のあいだ、江戸で南星屋を切りまわし、一方で新たな技に触れることのなかった治兵衛にとって、雲平はたったひとり間近で捉えた職人だった。

そんな事情を差っ引いても、職人はいくつになっても盗む気概を忘れてはいけない——。治兵衛はそう信じている。たとえ大店を構える主人の立場にあっても、若い弟子を育てつつ、発想なり物の見方なり、彼らから学び、気づかされることもあるはずだ。日々、貪欲に吸収し自らの糧《かて》としなければ、老境に入ってから萎《しお》れてしまう。

　雲平は、枯れかけた自身に、天が与えてくれた貴重な水だ。

　治兵衛は有難く思っていて、一滴たりとも無駄にするまいと、帳面付けをはじめたのだ。

　もともと筆まめな性分《しょうぶん》だから、苦にはならない。治兵衛もまた、若いころには雲平より長く諸国をめぐった。その折につけた菓子帳の数は、七十二冊に上る。その時分に戻ったようで、らしくなく心が弾む。雲平は昼餉の後、いったん二町離れた長屋に戻る。その合間に仕事場に座り、午前のうちに目に止めたことを書き込んでいく。

「ふむ、最初に三分《さんぶ》ほどの種を、先に火にかけていたな。艶《つや》が出てとろみがついてから、残りを加えると。たしかにその方が焦《こ》げづらいし、混ぜる手間も楽になる……」

　今日拵《こしら》えた蒸し羊羹《ようかん》の手順を辿りつつ、雲平のやりようを思い出す。しばし没頭し、玄関が開く音と女の声がしたのは、そんなときだった。

　いつもなら、すぐにお永が出てくれるのだが、応じるようすはない。はて、と首を捻《ひね》ると、暖簾《のれん》の陰から娘の戸惑《とまど》い顔が覗いた。

「すみません、お父さん。いまはちょっと具合が悪くて……代わりに出てもらえませんか？」

「それはいいが、何かあったのか？」

「ちょうど糠床《ぬかどこ》の移し替えをしていたもので……」

糠がたっぷりとこびりついた両手を、情けなさそうに見せる。

「そういうことか、構わねえよ」

気軽に娘にこたえ、玄関に立った。

「お待たせしちまってすいません。何ぞご用ですかい？」

治兵衛には、覚えのない女だった。上品な出立ちで、大店の内儀《ないぎ》といった風情《ふぜい》だ。色が白く、顎《あご》や頬《ほお》は丸みを帯びて、気配にも棘《とげ》がない。育ちの良さが窺えた。

「南星屋さまは、こちらでよろしいでしょうか？」

「へい、たしかに。あっしが主《あるじ》の治兵衛ですが」

「こちらに、雲平さんという職人が、お世話になっていると伺いましたが」

「ああ、奴《やっこ》さんを訪ねてらしたんですか。たしかにうちにおりますよ」

訪問の理由が知れて、自ずと笑顔になった。

「申し遅れました。私は日本橋小松町《にほんばしこまつちょう》の『常和堂《ときわどう》』の女房で、槇《まき》と申します」

「常和堂というと……もしや『みめより』で知れた菓子屋では？」

「さようです。覚えをいただいて、ありがとうございます」

「常和堂のみめよりを知らないようじゃ、菓子屋の親父《おやじ》は名乗れません。数あるみめよりの中でも、材も拵えも最高の品だときいておりやすから。あいにくと、あっしは未《いま》だに味見せず仕舞いですがね」

「よろしければこれを……ご挨拶《あいさつ》代わりにおもちしました。皆さまで召し上がってくださいまし」

ずっしりと重い手応《てごた》えの菓子折を受けとる。贈答用の高価な菓子が、二十は詰まっていそうだ。たいそう恐縮しながら、有難くいただいた。

「あの、仕事のお手隙《てすき》の折で構いませんので、雲平さんと少し話をさせていただけませんか？」

「ちょうどいま時分は空いてまさ。ただ、いったん塒《ねぐら》に戻っていましてね。夕餉の折にはまた顔を出します。近くだから、長屋の子供を呼びにやらせましょうか？」

「いえ、お手を煩《わずら》わせるにはおよびません。道を教えていただければ、これから伺います」

「あの辺はちょいと込み入っていて、道がややこしいかもしれません。よければあっしが案内しますが」

「こちらのご主人にご面倒をおかけするなぞ、あまりに……」

「なあに、構いやせんよ。見てのとおり、小《ち》っさな菓子屋です。主人なんぞと威張《いば》れる身分じゃありやせん。雲平から、きいてませんか？」

「雲平さんには、十七年のあいだ一度も……雲平さんが、私の実家《さと》で修業とお礼奉公を終えてからは、一度もお会いしてはおりません」

内儀の目許《めもと》が、滲《にじ》むように陰った。雲平とのあいだに、屈託《くったく》でもあるのだろうか？　そんな邪推《じゃすい》すら、ちらと浮かんだ。

「雲平の修業先というと……神田の菓子屋の」

「はい、私は『稲月屋《いなづきや》』の娘です」

「さようでしたか」

稲月屋もやはり、構えの大きさでは常和堂に負けていない。菓子屋としては大店の部類に入り、多くの職人を抱えている。雲平は十歳のときから稲月屋で世話になった。お槙はその店のお嬢さまというわけだ。

「この前、実家《さと》を訪ねた折に、雲平さんが江戸に戻られたとききました。どうしてもお話ししたいことがあって、麹町まで参りました」

語るというより、訴えに近い。どこか切羽《せっぱ》詰まったものが感じられた。

「お急ぎのようですから、やはりあっしがご一緒しましょう」

告げた折に、外から別の足音がきこえた。

「あら、おじいちゃん、お客さま？」

遊びに出ていた、孫のお君《きみ》が帰ってきた。客の用向きを説《と》くと、とたんにきらきらと瞳が輝き出す。

「それならあたしが、長屋までご案内します！」

興味津々《しんしん》の体《てい》を隠そうともしない。内心で呆《あき》れたが、お槙もその方が多少は気楽だろうと、お君に任せることにした。

「じゃあ、おじいちゃん、いってきます」

足取りも軽く、お槙とともに出掛けていった。新しい遊びを見つけたように、背中はあきらかに浮《うわ》ついている。

「お君のああいうところは、治らねえな」

戸を閉めてふり返り、どきりとした。

上《あ》がり框《かまち》の奥に、お永が立っていた。

「いまの方は、雲平さんの？」

「ああ、あいつが修業した店のお嬢さんだそうだ」

「そうですか……きれいな人でしたね」

夏場の井戸水のように、ひやりとした声だった。

戸惑いながら娘をながめると、視線を厭《いと》うように台所へと引き返した。

移し替えは、まだ終わっていないのだろう。お永の両手は、糠にまみれていた。


「あたし、みめよりって初めて！　さすがに上品なお味ねえ」

お君が遠慮なく、ぱくりと頬張る。厚みのある桐箱には、二十四個の菓子が二段に並べられていた。七月も十日ばかりが過ぎて、暦《こよみ》の上では秋になったが暑気は相変わらずだ。わりに日持ちのする菓子とはいえ、あまり置いては味も落ちよう。雲平と合わせて家族でいただく分をとり置いて、道案内から帰ってきた孫に頼み、残りは長屋の者たちにおすそ分けした。

「見目も味も金《きん》つばと同じだけれど、餡《あん》の舌ざわりがまったく違うわね。たぶん小豆《あずき》だけじゃなしに、お砂糖も上物を使っているのじゃないかしら」

毎日、菓子に接しているだけあって、お君の評はなかなか穿《うが》っている。

みめよりとは、要は金つばである。

餡を薄い生地《きじ》で包み、形を整えて鉄板《てついた》で表面を焼いたものが金つばだ。もともとは、京で銀つばと称されていた菓子だった。上方は銀貨が主流であるのに対し、江戸は金遣いであったために、江戸に伝わってから金つばと名を変えて庶民に広まった。

製法にもひとつ違いがある。銀つばは餡をくるむ生地に米粉である上新粉《じょうしんこ》を使うが、これを小麦粉に替えたものが金つばである。

江戸ではすっかり金つばとして定着し、四十年ほど前、文化のころには、吉原土手《よしわらどて》で売られた金つばが評判となり、『年季ましても食べたいものは土手の金つばさつまいも』と歌われたという。

この金つばを、格上げした菓子がみめよりだった。餡の材を吟味して、側面の焼き色が均一になるようにとの配慮からか、形も丸い鍔《つば》形ではなく四角にした。名のみめよりは、「見目より心」を洒落《しゃれ》ており、見た目よりも味が良いとの作り手の心意気であろう。後世には、四角い形が金つばとして伝わって、みめよりの名は姿を消すのだが、いまの江戸では両者ともに並び立っていた。

みめよりの元祖を謳《うた》う店は数軒あって、常和堂もそのひとつだった。元祖かどうかはいざ知らず、品に間違いがないことだけは治兵衛も納得した。

「これ、ひとついくらするのかしら？」

「材をとびきり奢《おご》っているからな、二、三十文《もん》してもおかしかねえな」

「やだ！　お蕎麦《そば》一杯より高いじゃないの」

かけ蕎麦は十六文と相場が決まっている。とんでもなく値が張るが、贈答用の菓子は、何故か高ければ高いほど重宝がられる。

「うちではとても、商えないわねえ」

「みめよりは無理でも、金つばならどうにか。とはいえ、江戸ではすでに珍しくはないからなあ」

南星屋の趣旨である、諸国の名物からは外れている。お君もわかっているらしく、こだわることなく話を転じた。

「それよりも、おじいちゃん、お槇さんて、雲平さんとどんな関わりがあるのかしら？」

「そりゃ、菓子屋のお嬢さんと、その店の弟子だろうが」

「いやあねえ、それじゃあ面白くも何ともないわ」

「おめえのように、何でも面白く仕立てる方が、どうかと思うがな」

「もう、おじいちゃんたら、考えてもごらんなさいよ。立派な菓子屋のお内儀が、供《とも》も連れずにひとりで雲平さんを訪ねてきなすったのよ。何かあると思うじゃない」

「そういやあ、連れらしき姿は見なかったが……あの重い菓子箱を、ひとりで抱えてきたのかい？」

「うちまでは手代《てだい》さんに運ばせて、先に帰したそうよ。やっぱり雲平さんと、ふたりぎりで会いたかったのかしら？」

「十七年ぶりだと言ってたからな、昔話のひとつやふたつしてえだろうさ」

「よく考えると、女ひとりで男の侘《わ》び住《ず》まいを訪ねるなんて、大胆よね」

治兵衛がどんなに丸く収めようと試みても、若いお君は浄瑠璃《じょうるり》めいた筋書きにしてしまう。どうせ仲良しのおいまに語る、格好の肴《さかな》にするつもりだろう。

「だいたいおめえは、雲平とお永をくっつけたかったんじゃねえのかい？　恋敵《こいがたき》の到来が、どうしてそんなに嬉しいのか、じいちゃんにはわからんな」

「あら、それはそれ、これはこれよ。なにせ向こうさまは、立派なお店の内儀ですもの。いまとなっては話の転びようがないでしょ。でも……大店のお内儀と一介《いっかい》の職人の道ならぬ恋というのも、いいわねえ」

お君も困った性分だが、治兵衛にもまた矛盾がある。いちいち意固地《いこじ》に反論するのは、治兵衛もやはりお槇のようすに何がしかの屈託をかぎとったからだ。それをわざわざ否定しようとするのは、どうしてだろう？　我ながら、不思議に思えた。

そしてお永もまた、やはりおかしい。

お君の一件がひとまず片付いたのは、去年の十月だった。季節が三つ過ぎてすっかり落ち着きをとり戻し、さざ波ひとつ立たなかった池に、雲平という魚を得た。波を立てるような無粋《ぶすい》な真似はしないが、浮き上がるたびに小さな波紋が広がる。そして今日、お槙という小石が投げられて、南星屋という池は戸惑っている。治兵衛には、そんなふうに思えた。

「池の主が、おれじゃあ、何とも心許《こころもと》ねえが」口の中で自嘲《じちょう》した。

「おじいちゃん、これ、もうひとつ食べていい？」

「飯前だぞ、お君。それはおっかさんの分だろうが」

「さっき覗いてみたら、糠床仕事にかかりきりで。手ににおいがついちまって、餡の香りもわからぬだろうから遠慮するって」

「そうかい……」

気にはかかったが、お永は大人だ。静観するより他にないだろう。

お君はぱっくりと、ふたつめのみめよりを頬張って、その幸せそうな横顔がひどく有難かった。

その晩、雲平は、夕餉の席には現れなかった。

「昨晩は、勝手を通してすいやせん。お嬢さん……いや、お内儀を、日本橋まで送っていったもので」

翌朝、いつもの刻限に仕事場に来た雲平は、まずそう言って頭を下げた。

「お内儀を案内したのはこっちだからな。それくらいは察しがつく。気にすることたあねえよ」

「へい、恐れ入りやす。で、親方、今日の趣向は？」

雲平もいつまでもこだわらず、すぐに職人の顔に切り替わる。

南星屋では、季節ごとに十《とお》ほどの菓子を見繕《みつくろ》い、その中から概《おおむ》ね日にふた品を拵える。仕入れの具合と天気、そして水の味——。この長屋の井戸は、御上《おかみ》が引いた上水ではなく、もっと深いところから湧いてくる天然物だ。もしかすると、昔住んでいたという名主が掘らせた井戸かもしれない。上水よりも味がよく、ここに店を構えたのはその理由からだ。

そして何よりも、主人の気分で菓子が決まる。見繕った十種から外れることもままあって、その気紛《きまぐ》れこそが客の受けをさらうのかもしれない。

「昨日は、水無月《みなづき》と山椒餅《さんしょうもち》あたりかとの見当でしたが、どういたしやす？」

「うん、水無月は拵えよう。山椒餅は日延べして、葛焼《くずやき》にしてみようかと思ってな」

「餅や桜ではなく、焼きですね？」

雲平がわざわざ確かめたのは、葛餅と葛桜は夏に似合いのつるりとした喉越《のどご》しの菓子で、あらかじめ立てた十種の中にも入っていたからだ。葛焼は、同じ葛粉を材としていてもまったくの別物だった。

「昨日、美味《おい》しいみめよりをいただいたからね。似たところがあるから、つい拵えたくなった。餡こそ入ってねえものの、油を引いて鉄板で焼くのは同じだからな」

「そういうことですか。承知しやした」

「やや重ための菓子だからな、どうせなら夏らしいものにしたい。それこそほんのぽっちりと、山椒を利《き》かせるってのはどうだい？」

「面白いですね。どんなものが仕上がるか、楽しみです」

雲平は歯を見せて、さっそく下準備にとりかかる。お君もいつもどおりてきぱきと動き出したが、お永だけが困った顔でその場に突っ立っている。

「どうしたい、お永？」

「それが、その……昨日の糠の臭《にお》いが未だにとれなくて……このままだと菓子にも障りになるのじゃないかと」

どれ、と娘に近づく。お永が手をかざすと、たしかに臭いが残っている。餅を丸めたり形を整えるのは娘と孫の役目だが、今日ばかりはうまくないと治兵衛も判断した。

「お永、今日は粉ふるいやら材のそろえやら、障りのないところで頼まあ」

「本当に、すみません、お父さん」

お永が申し訳なさそうに、肩をすぼめる。こういった粗相を、お永はまずしない。糠やら魚やらをあつかう折にも、まず気をつけて、長くは触れないよう心掛けていたはずだ。

やはり、らしくない。お槇の来訪は、治兵衛が思う以上に、お永の気持ちを波立たせたのかもしれない。

とはいえ作業場に立つと、よけいなことを考えている暇はない。水無月は雲平に任せ、葛焼の仕度にとりかかった。

葛粉は古くから人々に親しまれ、葛焼の歴史も古い。江戸初期に記された『料理物語』にも、すでに『葛焼もち』とあり、葛と砂糖、水をそれぞれ一升混ぜ合わせ、鍋に油を塗り焼いたもの、との製法まで記されている。いたって素朴な菓子だが、茶席などにもよく用いられる。治兵衛が山椒とのとり合わせを思いついたのは、どこかで山椒味噌を塗った、田楽《でんがく》風の葛焼に出会ったことがあるからだ。この手の覚えなら、お永にきくのが早道だ。しょげた娘を引き立てる気持ちもあって、治兵衛はたずねてみた。

「お永、山椒味噌を使った葛焼を覚えてねえか。京坂《けいはん》だったか、その辺りで見かけたようにも思うんだが」

「それならたしか……紀州《きしゅう》だったと思います。念のため、帳面を改めてきますね」

いったん菓子部屋を出て、ほどなく菓子帳を手に戻ってくる。

「この葛焼ではありませんか、お父さん？」

「ああ、これこれ。そうか、紀伊《きい》だったか」

「紀州なら、うなずけます。京に入る山椒も、ほとんどが紀州産だとききやしたから」

「さすがおっかさん、多少糠味噌臭くても、菓子帳にかけては右に出る者がいないわね」

「お君、親を茶化《ちゃか》さないでちょうだいな」

軽口《かるくち》のおかげもあって、お永も少しは調子が戻ったようだ。

帳面の上で額をつき合わせ、雲平と心おきなく菓子の思案に専念する。

「この絵からすると、丸餅に田楽を添えたような形《なり》ですね」

「格好がどうもいまひとつだな。みめよりを真似て角形にして、薄く味噌を引けば品よく仕上がるんじゃねえか？」

「いっそ土台の葛焼にも、みめよりにあやかって餡を混ぜるってのも……」

「そいつは旨そうだな。それなら味噌をやめて、生地に山椒を按配《あんばい》した方がよかろうな」

　誰かと相談しながら、菓子の工夫を捻るのは、まことに楽しい。むろんこれまでも、お永やお君が相手をしてくれたが、やはりいっぱしの職人となると手応えが違う。大きな風切り羽を得たように、どこまでも高く舞い上がる。

　いつも以上に興が乗って、菓子作りに専念する。

　水無月は名のとおり、本来は六月の菓子であり、ことに京では六月三十日の夏越《なごし》の祓《はらえ》に欠かせない。伝統を守る京では水無月にしか作られないともきくが、三角形の白い外郎《ういろう》の上に小豆を散らした姿は涼やかで、夏向きの菓子と言える。南星屋では、六月を過ぎても暑気が続くあいだは出していた。

　外郎生地にとりかかった雲平の背後で、治兵衛は銅鍋を竈《かまど》にかけて、葛生地を練りはじめた。水溶きした葛粉に砂糖を加え、弱火にかける。いったん火から下ろし、裏《うら》漉《ご》しすると滑《なめ》らかに仕上がる。そこに小豆餡を加えた。初めての試みだから、餡は味とようすを見ながら少しずつ足していく。もう一度竈に載せたが、ここで火を通し過ぎると葛の風味が台無しになる。種の五分ほどが温まったら火から下ろし、ゆっくりと混ぜながら熱を全体に行き渡らせるのがこつだった。山椒は香りがとばぬよう、二度目の火入れが終わったところに入れた。

羊羹の成形に使う舟形《ふながた》に流し入れ、蒸籠《せいろ》で強火にして四半刻《しはんとき》ほど蒸し上げる。

種を舟形に流したり、蒸籠からの出し入れなぞは、雲平が手伝ってくれた。筋《すじ》を痛めた左手は、いまではほとんど痛まなくなった。実を言えば、左手一本で重い物をもち上げたり、捻り加減によっては痛みを覚えることもあるのだが、娘や孫には完治したと言い張っていた。もしかしたら同じ作業をすることの多い雲平だけは、気づいているのかもしれない。力仕事の折なぞに、さりげなく手を貸してくれる。

冷ましてから舟形を外し、これなら糠の臭いもつかぬだろうと、お永が包丁で切り分けた。お君が薄く寒梅粉《かんばいこ》をはたき、治兵衛が平鍋で六つの面をていねいに焼いた。まだ熱いうちに、ひとつつまんで口に入れてみると悪くない。それでもつい、やはり味見する雲平の口許を見守った。

「どうだい？」

「いいですね、親方。了見《りょうけん》以上の味でさ」

言葉以上に、雲平の目と口許が旨いと言っている。

「本当に……噛《か》むと山椒の香りがふわりと立って、清々《すがすが》しさが口に広がりますね」

「おじいちゃん、美味しい！　これならみめよりにも負けてないわ」

「はは、そんなはずがあるかい。それこそ驕《おご》り過ぎだよ」

「せっかくだから、名をつけましょうよ。葛山椒……では面白みがないわね」

「紀州の菓子から想を得ましたから、紀伊名残《なご》り、では？」

「趣《おもむき》があって、いいですね」

雲平が即座に言って、治兵衛とお君もうなずき合う。

山椒の香りを手になじませるように、お永は大事そうに葛焼を口に運んだ。


「お待たせ致しました。本日の菓子は、まずは京の水無月。そして、紀州の葛焼に因《ちな》んで南星屋治兵衛が拵えました、紀伊名残りにございます」

よく通るお君の声が、廊下を伝って響いてくる。自分の名をあからさまに出すのは、未だに恥ずかしさが先に立つのだが、お君は気にすることなく大らかにふりまいている。

首をすくめながら居間に入ろうとすると、雲平に呼び止められた。

「親方、少しよろしいですか。昨日、お嬢さん……いや、常和堂のおかみさんから、気になることを耳にしまして」

「ほう、何だい？　きかせてもらおうか」

ともに居間に腰を落ち着けた折に、騒々《そうぞう》しい来客が現れた。

「何だ、五郎《ごろう》、また来たのかい。一昨日、顔を見せたばかりだろうが」

牛込の是現寺《ぜげんじ》で住職を務める、弟の石海《こっかい》だった。兄の言い草に、たちまち不満そうに鼻を鳴らす。

「それはなかろう、兄上。わざわざこの男のために、麴町まで赴いたというのに」

「てことは、日野《ひの》さまのお屋敷内について、何かわかったのかい？」

まあな、とごつい石のような顔が、得意気にたわむ。

「せっかく知らせにきてやったというのに、こうも邪険《じゃけん》にあつかわれては立つ瀬がないわ」

「ご住職のお手を煩わせて、面目《めんぼく》しだいもございやせん」

雲平が礼を尽くしても、弟の機嫌はなかなか直らない。昔のきかん気を彷彿《ほうふつ》させるような子供じみたところが、時折顔を出す。しかし六十年近いつき合いの治兵衛には、こんなときの心得もちゃんとある。

「そうだ、五郎、先に菓子の味見をしてくれねえか。今日は目新しいものをひとつ、拵えてみたんだ」

「ほう、新作か。それはぜひ食さねば」

まさに菓子を宛がわれた子供のように、ころりと上機嫌になる。この辺りは、まことにあつかいやすい。雲平が菓子と茶を運んできた。弟は夏場でも、菓子の友には麦湯ではなく熱い茶を好んだ。

「むむ、これは旨い！　山椒が葛焼に、思いのほか合《お》うているな。山椒をぴりりとまで利かせず、ほのかに匂うほどに留めているのがいい。菓子の見てくれが素っ気ないだけに、嬉しい驚きだ。これなら、いくらでも食えそうだ」

「腹を壊すから、ふたつまでにしておけよ、五郎」

「いつまでも子供ではないわ。とはいえ、この水無月も、ことさら出来がいいな。つるりとして舌ざわりが滑らかだ」

「水無月は、一から仕舞いまで、雲平の拵えだ」

「まあ、たしかに……腕は悪くないようだな」

不承不承《ふしょうぶしょう》ながらも、石海が認める。紀伊名残りと水無月をふたつずつ、ぺろりと平らげた。

満足がいったのか、雲平の同席を許し、日野家について語り出した。

雲平は、亥之吉《いのきち》という菓子職人の行方《ゆくえ》を探している。雲平にとっては修業仲間で、また弟のような存在だ。亥之吉は四年近くのあいだ、高名な茶人である日野燕舟《えんしゅう》のもとで茶席の菓子を拵えていたが、去年師走二日に燕舟が身罷《みまか》り、その日から亥之吉も行方をくらました。屋敷の内では、燕舟を毒で殺《あや》めたのではないかとの疑いすら流布《るふ》されている。

雲平にしてみれば気が気ではなく、亥之吉を探すとっかかりにでもなればと、石海に日野家の内情を探ってもらったのだ。

「日野家の菩提寺は、四《よ》ツ谷《や》にある蓮華院《れんげいん》であったわ。そこに行きつくまでには少々手間どったものの、同じ四ツ谷の内だけに、蓮華院の住職とはそれなりにつき合いが深い。燕舟翁《おう》とは、茶会に招かれた縁があると申してな、あれこれとたずねてみた」

石海は、もとは四ツ谷相典寺《しょうてんじ》の住職だった。徳川家《とくがわ》との縁も深いひときわ大きな寺だけに、檀家《だんか》となっていた多くの武家や、また周辺の僧侶との横の繋がりもある。

「日野家の家禄は六百石。いまの当主は、燕舟翁の倅《せがれ》、日野基知《もとのり》だ。大番組で十番組組頭《くみがしら》に就《つ》いておる。日野家の先祖は武勇で鳴らした侍のようでな。代々、武芸に秀でた当主を輩出し、番方の役目を賜《たまわ》ってきたそうだ」

番町は名のとおり、城の番方のために設けられた町だった。故に城に近い半蔵御門外に屋敷を賜り、家格もそれなりに高い。

しかし武者が重宝されるのは、戦乱の時代に限られる。常に平時ともいうべき長い太平の世にあっては、決して旨味《うまみ》のある役職とはいえない。それでも日野家は二百年以上のあいだ、連綿《れんめん》と番方に徹してきた。ただし先代の燕舟と、当代の基知は、いくらか変わり種だという。

「知ってのとおり燕舟翁は、高名な茶人だった。武勇の腕前はさっぱりだったそうだが、数寄者《すきしゃ》としては一流だった。何事も茶に繫がるとして、書画なぞにも通じていてな、大番の内では誰も喜ばない在番の折にも、京や大坂で西の趣に触れられると、喜々として出掛けていったそうだ」

大番には、京の二条城と大坂城の警固も任されている。交代で六年おきに、京・大坂に在番した。

「そういうお方だと、亥之吉の便りにもありやした。興の向くままに自在で闊達で、目新しさに怖《お》じ《じ》けることもない。お傍にお仕えするのが、楽しくてならないと……」

めずらしく、雲平が応じる形で口をはさむ。旗本屋敷に抱えられるなぞ、一介の菓子職としては異例のことだ。当初は心配が先に立ったが、くり返し手紙で愉快そうに綴《つづ》られて、雲平も安堵《あんど》した。そんな文がふっつりと途絶えれば、焦燥《しょうそう》に駆られても無理はない。

「わしも燕舟翁には会《お》うたからな、そういう御仁《ごじん》だとは見てとれた。歳のわりには少々危なっかしさも目立ったが、粋人《すいじん》にはままあることよ」

「五郎、危なっかしいとは、どういう？」

「興にのめり込み過ぎて、なりふり構わずつっ走る。そんな危うさが感じられた。もとより風流には、曇りのない無垢《むく》な心が肝心だが、燕舟翁はことに、子供のように素直なお方でな。先の茶会でも、どこやらの客がもち込んだ茶碗で、大騒ぎをしておったわ」

三年前、大名家の中屋敷の庭で茶会が行われ、当時、相典寺の住職であった石海も招かれたことは治兵衛もきいている。茶席の主は大名だが、茶会の一切を任されていたのは日野燕舟だった。当然、大名家に代々伝わる名品や、燕舟秘蔵の茶道具なども惜しみなく使われていたが、余興として、客の道具の披露目《ひろめ》会も行われた。茶席の顔ぶれは錚々《そうそう》たるもので、大名旗本や豪商、名うての蒐 集家《しゅうしゅう》などが、それぞれ自慢の道具をもち寄っては謂《いわ》れを説き、皆で姿を鑑賞する趣向だった。

そのうちの一品が、いたく燕舟の気を惹《ひ》いた。『黙《しじま》』との銘をもつ棗《なつめ》であり、さる旗本の家に伝わる家宝だった。燕舟はその棗を、今日いちばんの品だと褒《ほ》めそやし、旗本もまんざらではなさそうだったが、披露目が終わると少々難儀した。黙を譲ってはくれぬかと、燕舟にしつこくまとわりつかれたためだ。先祖伝来の道具を、おいそれと手放せるわけもない。旗本には最初《はな》からその気はなかったようだが、燕舟が自らどんどん値を吊り上げて、終《しま》いには二百両にまで達した。

「二百両だと？　六百石の旗本家なら、ほとんど一年分の禄じゃねえか」

六百石の旗本が得る米は、金に換算すると二百四十両。仮に二百両の買い物をすれば、禄の八分以上を費やすことになる。

「むろん燕舟翁なら、茶人としての余禄がいくらでも入るだろう。弟子には大名だの豪商だのが名を連ねておるそうだし、茶席の仕切りや相談役、あるいは道具の目利きといったことも頼まれる。家禄の三倍は実入りが多かろうと、茶席でもささやかれていた」

「それでも、茶入れひとつに二百両も費やしていたら、あっという間に消えちまいそうだがな」

「わしもそう思うたわ。あのようすでは、たとえ万石稼いでも同じであろう。人としては良い御仁だが、茶道への過ぎた傾倒《けいとう》は危うくも思えてな。あれではまわりや身内がふりまわされて、存外大変かもしれぬな」

過ぎたるは猶《なお》およばざるがごとしだと、坊主らしい格言を吐く。

「そういえば、五郎。燕舟さまのお身内についちゃ、何かわかったのかい？」

「ああ、それも住職からきいてきた。ご当代の基知殿は、燕舟翁の長男だ。こちらも勇猛な先祖の血はあまり引いておらず、そればかりは先代と同じだが、他はまったく父親とは似ておらぬ。まるで水と油ほどに、違いの際立《きわだ》つ親子だそうだ」

基知は九年前、父の隠居により日野家を継いだ。当時の基知は、まだ軽い役目にあったそうだが、気性は真面目で実直。父親のような派手さはない代わりに、何事にもこつこつと努める性分で、昨年の春、無事に大番組頭の役目を得た。

「当代殿は、風流とはまるきり無縁でな、代わりに学問にはなかなか長《た》けているそうだ。ことに算が立つそうで、できることなら勘定方《かんじょうかた》の役につきたいと、いつぞや住職にこぼしていたそうな。とはいえ、好む役につけるほど世の中は甘くないからな」

燕舟の妻は早くに歿《なくな》り、基知の弟妹はすべて、養子や嫁に行き日野家を出ている。いまは奥方とふたりの子供とともに、番町の屋敷に住まっていた。

「燕舟さまと当代さまの、仲はどうだったんだい。親子仲なぞは良かったのかい？」

「良い悪いより以前に、なにせ話が噛み合わぬからな。互いに見ている方角がまるで違う。同じ屋敷内にいても、疎遠な間柄だったようだ。もっとも燕舟殿は年中、指南や茶会にとびまわっていたからな、屋敷に腰を落ち着ける暇なぞなかったそうだ。倅よりも菓子職人の方が、よほど話が合うと冗談めかして住職にも語っていた」

「その菓子職人というのは……」

「ああ、亥之吉だ」

石海は、雲平に向かってうなずいた。

「亥之吉の話は、住職もたびたびきかされていた。腕はもとより、新しい趣向の思いつきに優れているとたいそう認めておられたそうだ」

「さようですか……」

それまでどこか張り詰めていた肩が、すとんと落ちる。

「店をもたせるとの約束も、本当だったようだな。まあ、茶道具集めに糸目をつけぬほどだからな、店の一軒くらい安いものだろう。ただ、亥之吉を手放すことだけは惜しんでいた。主従というよりも、まさに親子同然に馴染《なじ》んでいた。それでも五年の年季についてては承知していて、江戸のどこに、どんな店をもたせてやろうかなぞと、楽しみにもしていたようだ」

少なくとも蓮華院の住職の話では、燕舟と亥之吉のあいだには、ひとつも齟齬《そご》が見当たらない。息子の基知とも近しくはないにせよ、とりたてて難があるとも思えない。父と息子の間柄は、おしなべてそういうものだ。娘しかいない治兵衛にも、世間の常としてそのくらいは察せられる。男はもともと口が下手だ。母と娘のように、絶えずしゃべり合う親密さは得られない。

「亥之吉は、どうして黙っていなくなったんでしょう……そんな不義理をする奴では、ねえんですが」

日野家の内情をきいても、そればかりはとんとわからない。むしろ日野家で大事にされていたのなら、亥之吉が出奔する理由はどこにもない。かえって謎が深まった気さえする。

「亥之吉さんは、頼れる身内がいなさらないんだろ？　父親のように慕《した》っていた燕舟さまの死は、さぞかし応《こた》えたろうさ。がっくりきちまって、そのまま屋敷を出ちまった、なんてこともあり得るかもしれねえなあ」

「もっと生臭い話かもしれんぞ。燕舟殿がおらねば、五年の年季も打ち止めとなり、店を出す話も立ち消えとなる。その件で揉めて、喧嘩別れの末に出奔に至ったのでは？　日野家としても体裁が悪いからな、ご当代も口を拭って黙しているのではないか？」

治兵衛と石海が、それぞれの思いつきを述べてみたが、やはりすっきりしない。

「もとより、亥之吉は本当に、日野屋敷を出たのか？　揉めた挙句《あげく》に、当主に斬り殺されたなぞと、講釈じみた顚末《てんまつ》もなきにしもあらずだが」

「五郎、滅多《めった》なことを言うもんじゃねえよ」

治兵衛は思いきり顔をしかめたが、思い出したように雲平が顔を上げた。

「日野屋敷を出たことだけは、間違いありやせん。神田で、亥之吉と会った者がおりやす」

「何だと！　それを先に言わんか」

石海もまた、亥之吉の安否は気遣っていたのだろう。文句をぶつけながらも、安堵の表情がただよう。

「すいやせん、昨日になって知れたもので。さっきは親方に、話しそびれてしまいやしたが」

「もしや、亥之吉さんに会ったというのは……」

「へい、常和堂のお内儀です。その折の亥之吉のようすが妙で、気になっていたそうで。あっしが江戸に戻ったと実家《さと》できいて、わざわざ知らせにきてくれたんでさ」

「なるほど、そういうことかい」

と、治兵衛は別の意味での安堵を得ながら、雲平に仔細を促した。

「去年の師走の三日だと、お内儀は日にちも覚えておりやした」

お槇が神田の実家に里帰りをするのは、盆暮れなどに限られるが、その日はたまたま他に用事があった。実家近くに腕のいい表具師《ひょうぐし》がいて、古い掛け軸の表具を頼んでいたという。引き渡しの期日が十二月三日で、お槇はきっかりその日に神田に赴いたからだ。

先に表具屋に寄って軸を受けとり、それから実家に顔を出すつもりでいた。しかし稲月屋の看板が見えてきた辺りで、ばったり亥之吉に出くわした。

お槇は久方ぶりの再会を喜んだが、どうも亥之吉の表情が冴《さ》えない。稲月屋を訪ねてきたのかと問うても、返事も曖昧《あいまい》だ。辛抱《しんぼう》強くわけをたずねると、ひどく情けない顔つきで、金を借りにきたと白状した。

「亥之吉は結局、思い留まったようです。てめえの都合で親方に無心するなんざ、親に理不尽《りふじん》をもち込むようなものだからと」

そのまま行こうとした亥之吉を留めたのは、あまりに思い詰めて見えたからだ。お槇は財布にあった二両ほどを、亥之吉に渡した。表具師への支払いが思いのほか安く済んで、手許に残っていたからだ。

「金を渡したのも、亥之吉のようすがおかしかったからだと……気落ちも見てとれやしたが、まるで何かに怯《おび》えているようだったと、お内儀は申しておりやした」

雲平の前では憚《はばか》りがあるが、燕舟の死は、病によるものではないのだろうか？　屋敷内で毒殺説まで流れるとは、明らかに尋常ではない。治兵衛は暗い思案にふけったが、弟は理に則《のっと》ったところをたずねた。

「亥之吉は、どうして無心に来たのだ？　当座の金としては多過ぎよう」

「しばらく江戸を離れたいと、亥之吉は言ってたそうで……できれば京にいるあっしを訪ねたいと、そんなことも口にしたそうでさ」

「じゃあ、亥之吉さんは、おまえさんとは逆に東海道を上ったということかい？　入れ違いになっちまって、いまごろは京で途方に暮れているのかもしれないね」

「いや、旅仕度にも金はかかろうし、二両では、とても京まで辿り着けまい。せいぜい行っても箱根《はこね》辺りだ」

「亥之吉さんの腕なら、どこの店でも働ける。東海道のご城下で、路銀《ろぎん》を稼いでいるのかもしれねえな。どちらにせよ、京の菓子屋には知らせておいた方がいい」

「あっしも、そう思いまさ」

今晩にでもさっそく、雲平が世話になっていた店に宛てて、手紙を書くつもりだとこたえた。南星屋の所在を入れておけば、雲平の居所が亥之吉まで伝わるかもしれない。小さなとっかかりでも、ないよりはよほどましだ。

「よかったな、雲平。亥之吉さんも、おめえと同じ思いでいた。互いに同じ腹積《はらづ》もりでいれば、いまはすれ違っても、いつかきっと会えるさ」

気休めに過ぎないが、気持ちばかりは通じたのか、へい、と雲平がうなずいて、眉《み》間《けん》のしわを弛《ゆる》めた。ひとまずの落着に、石海が無粋に水をさす。

「ところで、常和堂の内儀とは、ずいぶんと昵懇《じっこん》の間柄なのだな。その場で金を貸してやったり、わざわざ麴町まで赴いたりと過ぎるほどに親切だ。もしやどちらかと、昔恋仲だったのではあるまいな？」

治兵衛はひやりとしたが、思いがけず、雲平の喉が小さく鳴った。笑っているのだ。

「いや、すいやせん。お嬢さんの小さいころを思い出しちまって……おれたちが修業をはじめたころ、お嬢さんはまだ四つか五つで、仕事場を覗きにきては菓子をねだられて往生しやした」

仕事場には立ち入ってはいけないと、いくら叱《しか》っても、翌日にはけろりと忘れてまた顔を出す。弟子には怖いばかりの稲月屋の親方も、娘にだけは敵《かな》わない。当時新米だった雲平と亥之吉が、しばし相手をさせられて、甘いものを与えては奥へと送り届けるのがいつしか日課となった。

「あっしはとっつきが悪くて、たいした世話もできやせんでしたが、亥之吉は面倒見がよくて、お嬢さんも懐《なつ》いてやした。そのうち亥之ちゃん雲ちゃんと名指しされるようになって、どうもお嬢さんというより、妹みたいに思えやして」

渋い面構《つらがま》えには何とも似つかわしくないが、笑いじわが目許にいくつも浮いている。こんな顔は初めてで、ながめる治兵衛も幸せな心地になった。

亥之吉は兄弟同然だと、雲平は言った。雇い先の娘とはいえ、お槙は兄弟の、末の妹のような存在だったのだろう。

「こいつはお永に、伝えてやらねえとな」

口の中で呟《つぶや》いて、はて、と思わず首を傾《かし》げた。

雲平とお槙の間柄に、興を示していたのはお君の方だ。どうして孫ではなく、娘の名を呟いたのか――。自分でも腑に落ちなかった。

「あいすみません、紀伊名残りはこちらさまで仕舞いでございます。どうぞまたの日にお求めくださいまし」

お君の詫び口上が、きこえてくる。すぐ後に、水無月も売り切れたとの声がした。

娘と一緒に、お永も客の応対に追われているはずだ。

糠味噌にまみれた手で、突っ立っていた姿が胸をよぎった。

きれいに着飾った大店の内儀の前では、己のみすぼらしさばかりが際立つ。お永にはそれが辛かったのかもしれない。日頃の戒《いまし》めを忘れて、いつまでも糠味噌に没頭したのも、いわば憂《う》さ晴《ば》らしのようなものだろう。

お永は決して、虚栄の強い女ではない。らしくない物思いに囚《とら》われたのは、ひょっとしたら——。そこまで考えて、こたえを出すのはやめにした。

お永自身ですら、気づいていないやもしれない。人の気持ちを無闇《むやみ》に斟酌《しんしゃく》するのは、無粋というものだ。

「見目より心だ、なあ、お永」

治兵衛はひっそりと呟いて、いつになく穏《おだ》やかに映る職人をながめた。

関の戸

「こんちはあ！」

店を開けてまもなく、玄関から威勢のいい声がした。

仕事場で後片付けをしていた治兵衛《じへえ》は、あいよ、と返事して出ていった。

「親父《おやじ》さん、お久しぶりです。あっしを、覚えてやすかい？」

出職《でしよく》らしく日に焼けて、笑顔の快活な男だ。一年ほど前に会ったきりだが、すぐに思い出した。

「たしか、清吉《せいきち》さんだったね。あのときは世話になったね」

若い左官職人で、治兵衛が道に迷っていた折に案内してくれた。

「あれ以来、無沙汰《ぶさた》をしちまったが、いつもうちの菓子を贔屓《ひいき》にしてくれるとか。ありがとうございやす」

「いや、ご丁寧《ていねい》に。店に寄るのは、おれの楽しみでさ。今日の栗菓子にも惹《ひ》かれたんですがね、ちょいと親父さんと話がしたくて……」

若い左官は、意味ありげな目つきをして声を潜《ひそ》めた。

「この家で内緒話をするには、いまを狙うしかありやせんから」

「内緒というと……もしや、修蔵《しゅうぞう》のことかい？」

「さいでさ。お君《きみ》ちゃんの耳には、入れねえ方がいいかと……」

通りに面した店からは、孫娘の歯切れのいい口上《こうじょう》がきこえてくる。

「本日は、信濃《しなの》の栗尽くし。木曾《きそ》の栗きんとんと、小布施《おぶせ》の栗鹿《か》の子《こ》にございます。栗で名高い信濃だけに、どちらも甲乙《こうおつ》つけがたい一品です。どうぞお客さまの舌で、判じてくださいまし」

菓子屋にとって、秋は心浮き立つ季節である。作物は実りを迎え、栗、柿、梨と秋の味覚がそろう。今日の趣向は栗尽くしにして、信濃で覚えたふた品を拵《こしら》えた。

ひと口に信濃と言っても、北の小布施と南の木曾ではだいぶ離れている。また、きんとんも鹿の子も広く親しまれているだけに、土地や素材、あるいは作り手によって、実にさまざまな形をとる。

木曾の栗きんとんは、栗の実に加えるのは砂糖だけ。ほくほくに炊き上げて、練り上げた栗餡《くりあん》を茶巾《ちゃきん》絞りにして、栗を象《かたど》っている。淡泊な甘さの中に栗の小さな粒が舌に感じられ、思わず顔がほころぶ美味しさだった。

小布施の栗鹿の子もまた、栗と砂糖のみの栗餡を使うが、こちらはより濃厚で甘味も強い。丸の栗をこの餡で包んだ栗鹿の子は、栗の芳醇な香りが口いっぱいに広がる。

お君の口上は決して大げさではなく、南星屋《なんぼしや》の内でも甲乙がつけられなかった。治兵衛と雲平《うんぺい》は木曾を好んだが、娘と孫娘は小布施に軍配を上げた。要は好き好きなのだろうが、栗菓子くらべも面白いとお君が言い出して、今日の趣向に至った。

お君は朗らかで、南星屋の看板娘としては申し分ない。そんな孫娘の、唯一《ゆいいつ》の屈託が父親の修蔵である。若い女とねんごろになり、母と自分を捨てた父を、未《いま》だに許していない。かれこれ八年前の話で、二年前、両親は和解したというのに、お君だけは意固地《いこじ》に父に会おうとしなかった。

清吉は修蔵の仕事仲間なだけに、その辺の事情にも通じているのだった。

「修蔵が、どうかしたのかい？」

「ここんとこ、どうもようすがおかしいんでさ。やたらめったら呑むようになって、大酒をかっくらっては、二日酔いで仕事を休む。そんなことが頻々《ひんぴん》と起きるようになりやしてね」

酒で間違いを犯すような男ではない。治兵衛にも意外だった。嫌いではなかろうが、そう強くもない。仕事終わりに仲間と一杯やることはあっても晩酌の習慣もなく、家ではほとんど呑まないと、娘のお永《えい》からはきいていた。

「そんな無茶な呑み方なぞ、あいつらしかねえな」

「そのとおりでさ。左官の親方も、怒るより先に首を傾《かし》げる始末で。この三日は、普請場《しんば》に姿も見せねえ。さすがに心配になりやして、今朝ようすを見にいったら、鼾《いびき》をかいて大の字でさ。前の晩、飲屋の女を長屋にまで連れてきて、どんちゃんやってたそうですぜ。大家からも、しこたまこぼされやした」

「そいつはたしかに、妙だな……」

「自棄《やけ》を起こしているとしか見えなくて、ただ、その種が何なのか、さっぱりだ。おれもたずねてみやしたが、若造には関わりねえ、放っといてくれの一点張りで」

なるほど、と得心した。義父である治兵衛との仲は悪くない。修蔵も打ち明けてくれるかもしれないと、ふんだのだろう。

「向こうが語る気になるかどうかはともかく、明日にでも千駄《せんだ》ケ谷《や》を訪ねてみるよ」

「そうしてもらえるなら助かりやす。親父さん、恩に着やす！」

気持ちよいほどあからさまに、安堵《あんど》の笑みを広げた。

「いや、修蔵を気にかけてくれて、こちらこそ礼を言うよ。そのために、とんだとばちりを食らって、清吉さんには気の毒だがな。お君はどうも、これっぱかりは譲らなくて」

客には愛想《あいそ》のいいお君だが、父と清吉の関わりを知ってからは、わかりやすくつんけんするようになった。それでも気を損じることもなく、相変わらず通ってくれる清吉を、治兵衛は有難く思っていた。

「むしろ、ああいう一本気なところも、可愛らしく見えやすがね」

へへ、とまんざらでもなさそうな顔をする。修蔵はかつて、清吉と娘を添わせたいと考えていた。こういう気持ちのいい若者なら、治兵衛としても申し分ないのだが、それには父子の間に塞《ふさ》がる板戸を、とり除かねばならない。

「関の戸、か……」と、つい呟《つぶや》いていた。

「何です、親父さん？」

「いや、何でもねえ。ちょいと菓子の名が浮かんでね」

ごまかしながら、白い餅菓子の姿を思い出していた。

「雲平、すまねえが、後は頼んだよ」

翌日、治兵衛は菓子の拵えをすませると、前掛けを外した。

お永とお君は、開店準備にかかっている。出掛ける旨は伝えてあったが、ただ、行先だけは職人仲間のところに顔を出してくると空言《そらごと》を告げた。

「へい、親方。いってらっしゃいやし、お気をつけて」

そろそろ三月が経《た》とうというのに、雲平に親方と呼ばれるたびに、嬉《うれ》しいような照れくささがふくふくとわいてくる。土産《みやげ》の栗菓子を手に、家を出た。

節季の時期でもない限り、南星屋が二日続けて同じ菓子を出すことはまずないのだが、今日は昨日と同じ栗菓子が続いた。お君の口上が功を奏しすぎたようで、いつも以上に品が早く捌《は》け、買えなかった客からぜひにと乞《こ》われたためだ。

ふたつの栗菓子を抱えて、千駄ケ谷へと向かった。

夫婦の絆は戻ったかに見えたが、相変わらず別居は続いている。お永は月に何度か、千駄ケ谷にある修蔵の長屋に通い、身のまわりの世話をしていた。障《さわ》りになっているのは、もちろんお君だが、それだけではないのだろうか――？

一度、壊れてしまった夫婦は、茶碗と同じなのかもしれない。もとのきれいな姿に戻ることはなく、焼き継ぎをして砕けた欠片《かけら》を張り合わせ、それも味わいだと、互いに思えるようでなければ続けていくことは難しかろう。

道々、そんなことを考えながら、四《よ》ツ谷《や》御門《ごもん》を過ぎて一本道を西へ行く。内藤新宿《ないとうしんじゅく》の大木戸の手前で、南に曲がった。

この辺りは武家屋敷ばかりで、右手には内藤駿河守《するがのかみ》の下屋敷の塀が延々と続く。そこを過ぎると、景色が一変した。堀沿いに畑が広がっていて、ほっとひと息ついた。道もそこからは、うねうねとした田舎道に変わる。

娘は通い慣れているが、治兵衛は修蔵の長屋を訪ねるのは初めてだ。

「おれが案内できればいいんだが、あいにくと急ぎの普請がありやして」

昨日、清吉は残念そうに言った。千駄ケ谷までは、治兵衛も道を知っている。町木戸から近い場所だから、自身番屋でたずねればすぐにわかるはずだと教えてくれた。

そのとおりにして、修蔵の長屋に辿《たど》り着いた。

「修蔵さん、いるかい？　南星屋の治兵衛だ」

ほとほとと障子戸をたたいたが、何も返らない。ただ、中に人の気配があって、かすかに鼾もきこえる。しんばり棒もかってないようで、「邪魔するよ」と断って戸を開けた。とたんに酒の臭気が、むっとにおった。

「お天道《てんと》さんは真上にいるぞ。そろそろ起きちゃくれねえか」

修蔵は寝こけていたが、治兵衛が声をかけると目を覚ました。

「これは、親父さん。こんなところまで、わざわざ……あいてっ、たたた」

治兵衛の来訪は、慮外《りょがい》だったのだろう。慌《あわ》ててとび起きたが、たちまち頭を抱えた。

「二日酔いかい？　らしくねえなあ」

よろよろしながらも、修蔵はひとまず井戸端に行き、顔を洗う。柄杓《ひしゃく》一杯の水を喉に流し込み、ようやくひと心地《ごこち》がついたようだ。治兵衛はここに来た経緯を語った。

「そうですか……清吉の野郎が、よけいな告げ口をしやしたか」

「清吉さんも左官の親方も、心配していなさる。いったい、どうした？　おれでよければ、話をきくよ」

「親父さんに、そこまで甘えるわけには……弱音なんぞ吐いちゃ罰《ばち》が当たる」

「つれないねえ。義理とはいえ親子じゃないか。少なくとも、おれはそう思っているよ」

「……かっちけねえ」

有難そうに頭を下げたが、よほど言い辛いのだろう。しばし困った顔で、うつむいていた。その鬢《びん》に、わずかだが白いものが交じっていることに、治兵衛は気がついた。

修蔵は、いくつになったか……たしかお永の五つ上だから四十一か。こいつも歳をとったなあ……。

つらつらと考えていると、ささくれた畳にぽそりと落とすように、か細い声がした。

「人を……雇ったそうですね」

「え？　……ああ、南星屋《うち》のことかい。たしかにな、菓子職人が入ったよ。雲平と言ってな。おれが左手を痛めたことは、お永からきいてるだろ？　助っ人のつもりもあったが、腕はもちろん気性もな、馬が合うとでもいうのかな。奴《やっこ》さんが来てから、菓子作りが楽しくってねえ……」

世間話のつもりで、いつになく饒舌《じょうぜつ》に語ったが、何故《なぜ》だか修蔵の表情はどんどん翳《かげ》ってくる。半《なか》ばで話を切ると、あいた隙間に絞り出すように、修蔵がたずねた。

「そいつに、菓子屋の跡を継がせるおつもりですかい？」

「……え？」

「お永と夫婦《めおと》にさせて、一緒に店を続けさせる腹ですかい？」

目が合って、謎が解けた。悲哀と焦燥《しょうそう》、諦めと懇願がない交ぜになって、その瞳に溢れていた。

「そうか……おまえ、そんな心配をしていたのか」

修蔵がこうまで荒れた理由は、雲平の存在だった。

本当なら自分がいたはずの場所に、新参がやってきて、拠り所を奪われた。そんな思いに駆られたのだろう。身から出た錆《さび》で別居と相成っても、いつかまた共に暮らせるかもしれない――。その夢が、消えようとしている。

存分に怒り、嘆き、引き止めたいのが本音だろうが、かつて妻を裏切っただけに、その立場にない。焦りと不安に押し潰されて、呑めもしない酒に逃げるしかなかったのだ。

「そんなつもりはねえよ。うがち過ぎだ」

「だが、お君もそう望んでいると、清吉からきいて……」

父への当てつけのつもりか、そんなことを口走ったという。

「娘らしい、絵空事の域だよ。承知しているからこそ、清吉さんも話種《はなしぐさ》にしたんだろう」

「でも……」

と、修蔵は悔しそうに唇を噛みしめた。その面《おもて》からは、自信というものが削《そ》げ落ちている。唐突に、治兵衛は気づいた。修蔵とお永は、もしや……。

「なあ、修蔵。おれがたずねるのもばつが悪いんだが……おめえとお永は、夫婦として元の鞘に収まったのかい？」

お永はこの長屋に通ってはいても、夫婦のことは夫婦にしかわからない。

ゆっくりと、修蔵は首を横にふった。思わず大きなため息が出る。

「そうかい……そうだったのかい……」

お君の目が怖いと、お永は修蔵を拒んだ。若い娘はことさらに敏感なものだ。母娘ならなおのこと、床《とこ》を共にしたかどうかすぐに察する。ただでさえ父にわだかまりをもつ娘を、無闇に刺激したくない――。

「お永はそう言ったが、建前かもしれねえ……やっぱり亭主の過ちを、許せねえだけかもしれねえ。頭では認めても、からだがついてこないんだろう……おれは、そう思って待つつもりでいやした」

「待つとは、何を？」

「お君の、嫁入りでさ。母親の役目を終えてから、女房として向き合うと……まあ、お永はああいう性分《しょうぶん》だから、はっきり口に出したわけじゃねえ。それとなく、ですがね」

「そうかい……」

相槌《あいづち》しか、打てなかった。本当の意味で夫婦に復していなかったからこそ、雲平の存在に怯《おび》えざるを得なかった。近所でかしましく噂になったほどだ。男女が同じ屋根の下にいれば、妄想がかき立てられても無理はない。

「少なくとも、奴さんに店を継がそうなんて、そんな心積もりはおれにはないよ」

噛みしめるように告げると、意外なほどに苦かった。はからずも自身の本心を、初めて思い知った。

雲平が南星屋に留まってくれたら――。己の技と意匠を、各地の銘菓と旅の匂いを、あますところなく引き継いでくれたら――。

菓子職人は数多《あまた》いても、それができるのは雲平より他にない。

だが同時に、いくら望んでも詮ない我儘《わがまま》だと、わかってもいた。治兵衛が乞うたところで、雲平は承服すまい。何故だかかっきりと確信があった。

おそらく、似た者同士であるためだ。旅に焦《こ》がれ、見知らぬ土地に引き寄せられる。そんな血が、たしかに脈打っている。治兵衛が江戸に留まったのは、亡き妻の願いであり、誰よりもお永のためだった。

旅と相容《あいい》れないものは、暮らしである。本当の意味での人の営みが、欠落している。

ひとつ所で職を得て、家族を守り、様々なしがらみに縛られながらも深い関係を築いてゆく。それがまっとうな生き方だ。

十六年ものあいだ、治兵衛はそこから外れ、勝手を通してきた。妻を亡くしてはじめて、この先は娘のために費やそうと決めたのだ。

それでも、この歳になってもなお、虫がうずくことがある。

東風《こち》に乗って、花弁が舞い落ちるとき。晩夏に下町で、潮の香りを嗅いだとき。江戸の柿の色は、どこか薄いように感じられたとき。冬の空が、妙に狭く見えたとき

——どうしようもなく、旅に恋い焦がれる気持ちがわき上がる。

知っているからこそ、雲平を止められない。無理を乞えば三年ほどは居てくれようが、あの小さな店に生涯縛りつけておくのは、鳥の翼を切るほどに酷《むご》い仕打ちだった。

「雲平にも、その気はねえさ。おまえさんの、取り越し苦労さ」

修蔵にというより、自分の中で折り合いをつけるために、あえて告げた。

「それでも、お永は惚《ほ》れてまさ」

放たれた言葉に、どきりとした。

「お永はその職人に、惚れてるんでさ」と、くり返した。

素っ気ない物言いが、かえって真実味を増すようだ。

「娘が、そう言ったのかい？」

「いや……お永はそういう女じゃ、ありやせんから。それでもね、わかるんでさ。いまはあっしが、女房に惚れている……だからね、お永がいくら隠しても察しがつくんでさ」

やはりそうか……。胸の内で、深くため息をついた。

治兵衛も薄々は気づいていた。というより、見て見ぬふりを通していた。雲平からは、自由と孤独の匂いがする。お永はそこに惹《ひ》かれたのかもしれない。

一方でその匂いは、夫婦や家庭とはあまりに縁遠い。思いが報われることはまずなかろう。悲しむ娘の姿を見たくはないからこそ、素知らぬふりのままでいた。

父親とは、そういうものだ。娘を案じながら相談にも乗れず、ただ黙って事が過ぎ行くのを待つことしかできない。

しかし亭主では、そうもいかない。悋気《りんき》は日に日にふくらみ、けれど己の過ちで別居に至った修蔵には、女房を責められない。だからこそ、苦しんだのだ。

呑めもしないのに無茶を重ね、家に女まで引き入れたのは、憂さ晴らしというよりも、男としての精一杯の見栄に思えた。

「あのな、修蔵。お永に惚れているなら、伝えてやんな」

「おれには、そんなこと……」

「昔のことは、もう気に病むな。なかったことにはできねえが、そのぶん、いまのおめえの気持ちを大事にしてやれ」

男にとって、それがどんなに難しいことか、治兵衛とてよくわかっている。若いうちならいざ知らず、治兵衛自身、夫婦になってほしいと乞うたときより他は、女房にそれらしいことは何も告げていない。共に暮らす夫婦なら、互いの労《いた》わりで自《おの》ずと通じようと、高を括《くく》っていたからだ。

無理をさせた挙句、女房は思いのほか早く逝ってしまった。もっと言葉にすべきだったと、じんわりとした後悔が、折にふれて未だによぎるのだ。

「別にいまとは言わねえよ、何年先でも構わねえ。いつか、伝えてやってほしいんだ」

「親父さん……」

いい歳をした元夫婦が、惚れたはれたでこじれるなぞ、何やらくすぐったさも覚えるが、この男が娘を好いていることが、純粋に嬉しかった。

男女の仲ばかりは、いかにまわりがやきもきしても、どう転がるかはわからない。

意に染《そ》むような始末にはならなくとも、気持ちの落としどころだけは見つけてほしい――そんなつもりもあった。

「からだ、大事にしな。またそのうち、男同士で一杯やろうや」

義理の息子は、名残《なごり》惜しそうに木戸の外まで見送ってくれた。


夕餉《ゆうげ》の後、お君がこちらを覗き込んでいた。雲平は長屋に帰り、お永は台所で後片付けをしている。

「おじいちゃんたら、どうしたの？　難しい顔をして」

「さっきから、うーんうーんと唸《うな》ってばかり」

「おれが？　声にしていたかい？」

「冗談よ。でも、そんな声がきこえそうだった。何か、悩み事？」

修蔵には多少の気付けになったろうが、肝心のところは何も解決していない。つい色々と考えてしまい、お君に気づかれたのだろう。とはいえ、千駄ケ谷を訪ねたことすら内緒なのだから、孫に明かすわけにもいかない。いつものとおり、菓子の思案だとごまかした。

「明日は、関の戸を拵えてみようかと思ってな」

「関の戸？　って、どんなお菓子？」

「東海道の関宿《せき》にあってな、小豆餡《あずき》を求肥《ぎゅうひ》で包んだ小さな餅菓子だが、材を吟味して和三盆糖をまぶしてある。街道を行き来する、お大名のあいだで評判を呼んだほどでな」

「かなり贅沢《ぜいたく》なお菓子なのね」

「うちじゃあ、和三盆糖なぞとても手が出ねえが、粉砂糖をまぶせば形になるだろう」

単純でありながら味が良かっただけに、菓子帳を改めなくとも目と舌が覚えている。

求肥はごく薄く、餡はこし餡にして、ひと口大に拵える。ひととおりを孫に伝えた。

「関の戸か……まるでおっかさんみたいね」

「……え？」

「いまのおっかさんは、関にある戸の前で、迷っているように思えるもの」

「迷うって、何を？」

「おじいちゃんも、気づいてるでしょ。雲平さんのことよ」

あっさりと告げられて、かえって二の句が継げない。

「ねえ、おじいちゃん、もし、もしもよ。おっかさんが雲平さんと一緒に、江戸を出ると言ったら、どうする？」

「まさか、そんな話があるのか？」

「違うわよ。おっかさんが本気なら、そういうこともあり得るのかなあって」

「なんだ、またおまえの絵空事かい。年寄りを脅《おど》かすもんじゃねえよ」

やれやれと息をつきながら、その考えだけは浮かばなかったと、己の迂闊《うかつ》に思い至った。

「そのう……お君は、嫌じゃねえのかい？　何というか……いい歳をした親の色恋なんて」

「だっておっかさんたら、見ていて苛々《いらいら》するほどに健気《けなげ》なんだもの。後押しのひとつも、したくなるわ」

「そういうものかい」

「でもね、おっかさんの気性だと、下手につつけば藪蛇《やぶへび》になりかねないでしょ。手をこまねいているしかできなくて、いい加減、鬱憤《うっぷん》が溜まってきちまって」

「おいおい、お君。滅多なことは……」

「わかっているわ。だからね、せめておっかさんが雲平さんと一緒に行きたいと言い出したら、快く見送ってあげようと決めたのよ……前におっかさんが、そうしてくれたように」

ああ、そうか——と、ようやく気づいた。

お君は遠い平戸《ひらど》に、嫁入りするはずだった。縁談は壊れてしまったが、お永は娘を手放すことを一度は心に決めたのだ。逆の立場になってはじめて、母の気持ちを理解したのかもしれない。

「お君の望みは、ふたりが一緒になって南星屋を継ぐことだと思っていたよ」

「そりゃあ、それが叶《かな》えばいちばん嬉しいわよ。でもね、何となく、雲平さんにそぐわないのね。またふっと旅に出ちまいそうな……そんな心許なさが、雲平さんにはあるのよ」

歳を経れば了見する物事を、若い娘は理屈抜きに感じとる。お君もまた、雲平のもつ旅の気配に気づいていたようだった。

「若いころのおじいちゃんも、あんなふうだった？」

「おれはあんなに、男ぶりがよかねえやな」

「でも、おじいちゃんに似ているところがあったから、おっかさんも惚れちまったのじゃないかしら」

　よせやい、と照れながらも、つい頬がゆるむ。それから、少し真面目な顔でたずねた。

「おっかさんが、関の戸の前で迷っていると、そう言ったな？　もし、もしもだ、お永が戸の向こう側じゃなく、こちら側に戻るとしたら……おまえはどうだ？」

「それは、おとっつぁんのこと？」

　ああ、とうなずいた。ふうっと、声に出して息を吐《つ》く。

「それも、仕方がないわ。おっかさんの生きようだもの、おっかさんの好きにすればいい。文句をつけるつもりはないわ」

　ぶっきら棒な調子ながら、二年前のお君にくらべれば、たいそうな変わりようだ。あのときは、娘に内緒で密かに父と会っていた母に、泣きながら憤《いきどお》っていた。実らなかった恋が、お君を大人にしたのだろう。

　それならば、と治兵衛はあえて、一歩踏み込んでみた。

「あのな、お君……じいちゃんにはな、おまえもやっぱり関の戸の前に、佇《たたず》んでいるように見える……そろそろおとっつぁんを、許してやっちゃくれねえか？」

　思いもしなかった方角に話がころび、お君があからさまに眉をひそめる。

「過ちは犯したが、おとっつぁんは決して悪い男じゃない。おまえを見ていると、よくわかるよ」

顔立ちには母親と似たところもあるものの、気性の方は、むしろ父親から受け継いだものの方が多かろう。お君も承知しているようで、不満そうに口を尖らせる。

「おとっつぁんは昔のことを悔いていて、何よりおっかさんとおまえを大事に思っている。その気持ちだけは、くんでやってほしいんだ」

「それならちゃんと、示してほしいわ。あんな回し者を差し向けるのじゃなく、堂々と南星屋に来たらいいのよ」

向こうの立場上、それは無理だろう。やはり孫を怒らせてしまったかと、にわかにうろたえる。お君は仏頂面《ぶっちょうづら》のまま、しばし考えて祖父に言った。

「わかったわ、じゃあ、こうしましょ。もしもおっかさんが雲平さんと一緒に行ってしまったら、可哀想だから、一ぺんだけ会いに行ってあげるわ」

「それじゃあ何だか、どっちに転んでも、おとっつぁんが可哀想な気もするが……」

「大負けに負けてあげたんだから、文句を言わないでちょうだいな」

それ以上は譲りそうにもなく、自分が親になるまでは親の心は計りようがない。修蔵には、待ってもらうしかなさそうだ。

すまねえな、と口の中で呟いた。

「ほう、関の戸ですかい」

翌朝、伝えた菓子の名は、雲平の興味を大いにそそった。

「おまえさんも知ってるかい。まあ、名の知れた菓子だからな」

「あの店は、京の仁和寺《にんなじ》の御用達ですからね。御所の覚えもめでたいときぎやした」

京の菓子店にいたころにききかじったと、雲平が語る。

「置く菓子は、関の戸ひとつきり。それで大掾《だいじょう》を賜ったそうですから、たいしたものでさ」

大掾や小掾は、出入りの商人などに与えられる称号である。もとは古い律令制にあった国司の位で、後に御用達の証しとして庶民にも下された。治兵衛が、別の心配をしはじめる。

「そんなごたいそうな菓子だったのかい。勝手に商っちゃ、また面倒なことになるか……いやな、前に御留《おとめ》菓子を拵えて、しょっぴかれたことがあってな」

「親方が、ですかい？」

雲平が、少なからず驚いた顔をする。当時の顚末《てんまつ》を簡単に語った。藩主、あるいは藩内のみに許されたのが、御留菓子である。

「まあ、どうにか事なきを得てな。あれ以来、気をつけちゃあいるんだが。どうもな、虫がうずくことがあってな」

旅への焦がれは、菓子に昇華させる。そのきらいがあるようだ。我ながら、悪い虫にとりつかれたものだと苦笑がこぼれる。

「関の戸は、御留菓子ではありやせんし、親方は出自をきちんと披露してなさる。それに……親方の菓子を食えば、必ず本家本元の味も確かめたくなりまさ。江戸に名を広める役目を果たしていると、おれはそう思いやす」

「こんなちっさな菓子屋じゃ、広めるといっても高が知れてらあ」

己で混ぜっかえしながら、雲平の心遣いが無性に嬉《うれ》しかった。

「似ても似つかないものにしちゃ、菓子に申し訳が立たねえからな。ようく拝んで、気を入れてかかるとするか」

菓子帳を開いて、手順を相談する。菓子帳は昨日、お永に頼んで探し出してもらった。

「関の戸、ですか……」

菓子の名をきいたとき、ふっとお永の面に何かがよぎり、一瞬横切った鳥の影のように、すぐに消えた。

男女の仲というのは、どうもすんなりいかねえな、と胸の内で呟く。

互いに気持ちがあっても、うまくかみ合わなかったり、思いのつり合いがとれなかったりと、何かとややこしい。たぶん、人の気持ちの中で、もっとも強いものであるからだ。親子の情や友情、それに夫婦なら深く長く続く。けれど色恋は違う。

ひと息に盛《さか》って、まわり中を焦がすほどの火だ。消しようもわからず、加減も覚束《おぼつか》ない。いきなり駿馬《しゅんめ》に乗せられて疾駆《しっく》するようなもので、御しようがない。分別の利《き》く歳《とし》になってさえ、いや、分別があるからこそ、こんなはずではなかったと戸惑う羽目になる。

夫婦の絆がいったん切れてしまったために、お永は別の方角に走り出し、修蔵は止めようと躍起になっている。気持ちは逸れているのに、走る馬の背にしがみつきながら、似たような思いを抱えているのだった。

では、雲平は？　この男の気持ちは、どこにあるのだろう？

つい、菓子帳に熱心に目を落とす横顔に見入った。

いまの関心は、ただ亥之吉《いのきち》だけに向けられている。弟に等しい存在をひたすら案じ、行方を探し、無事を願っている。他の者が入り込む隙間などなさそうだが、雲平は、お永をどう思っているのだろう――。

「求肥の薄さは、どのくれえの按配《あんばい》で？　鶯《うぐいす》餅くれえでしょうか？」

「あ、ああ、そうだな……厚みとしちゃ、そんなもんか」

ふいに顔を向けられて、慌ててとり繕った。

「いや、もうちっと薄い気もしたな。ごく薄いのに、どこにもよれやしわがねえ、真っ平でなめらかな皮だった。上等な薄絹を一枚、まとわせたような姿でな。あれがこの菓子の、ひとつの勘所だろう」

なるほど、と雲平はさらに菓子の思案に余念がない。いつしか治兵衛も、心地よく巻き込まれ没頭していた。


「おじいちゃん、関の戸の評判、とってもいいわよ。また食べたいってお客さんが何人も」

四人で夕餉をとりながら、お君が弾んだ声をあげる。

関の戸を出してから数日が過ぎていて、買っていった客からはそんな声が上がっているという。

「あまり大っぴらじゃあ、さすがに本家さんに申し開きができねえからな。まあ、あと一、二回といったところか」

「あのお菓子は見かけの割に、うんと手間暇がかかるものね。おじいちゃんと雲平さんが、あんなに四苦八苦しているさまは初めて見たわ」

「皮のなめしには、たいそう苦労させられやしたね」と、雲平も苦笑いする。

「でもその分、良いものに仕上がりましたね。佇まいが上品で、どこにも曲りのない菓子でした」

お永が労うように言い添えた。たちまちお君が、くるりと瞳を動かす。

「ちょっと、おっかさんに似てるわね」

「この子はもう、すぐに親をからかって」

さっと頬を染める。こんな風情も、膳がひとつ増えてからのことだ。同じ台詞《せりふ》で娘を咎《とが》めても、以前はもっと素っ気がなかった。

日頃から気持ちを出さないだけに、ほんのわずかな揺れでも、息を吹きかけられたように身内には伝わるものだ。

これじゃあ、修蔵の気が揉めるのも仕方がねえな――。

ちょっと複雑な思いで、小さく首をすくめた。と、玄関の障子戸が、派手な音を立てた。

「兄上、おるか！」

弟の石海《こっかい》の声だが、明らかに尖っている。

「やれやれ、あいつの騒々しさは、子供時分からちっとも直らねえな」

ぼやいてから、居間に座ったまま返事をした。勝手知ったる家だから、ずかずかと入ってくるのが常だったが、何故《なぜ》だか姿を見せない。お君が、耳をすませた。

「何だか、揉めてるみたい。他に誰か、いるのかしら？」

何事かと玄関に出て、治兵衛は滅多にないほど仰天した。

「こいつはいったい、どういうことだい？」

「どうもこうもないわ。頼むから、こやつを引き剝がしてくれ」

墨染の僧衣にぶら下がるように張りついているのは、修蔵であった。

ふたりの背後に、情けない顔で清吉がつき従っている。

「すいやせん、仕事帰りに皆と一杯引っかけてきたんでやすが、またちょいと吞み過ぎちまったようで……南星屋《ここ》に来ると言って、きかねえんでさ。その道筋で、こちらのお坊さまと出くわして……」

面目《めんぼく》なげな清吉をよそに、石海と修蔵は最前から同じやりとりをくり返している。

「おまえには、南星屋の敷居は二度とまたがせんと言うたはずだ！」

るんでさ！」

「そこを何とか、お頼《たの》申しやす。おれはどうしても、お永とお君に言いてえことがあ

ひえ、と肝《きも》が冷える心地がした。たしかに、伝えろと言ったのは他ならぬ治兵衛だ。ただ、酒の力を借りてこんな無謀をやらかすとは、了見の外だった。

修蔵にとって、石海は天敵のはずだ。八年前の裏切りを、誰より憤っていたのはこの弟だった。その天敵に頼るとは、それだけ追い詰められているのだろうが、なにせ頑固を絵に描いたような弟だ。こちらも頑《かたく》なに拒み続ける。

「駄目だと言ったら駄目だ！　さっさと帰らんか！」

長屋連中は、そろそろ寝仕度にかかるころだ。ただでさえよく響く弟の声は、近所迷惑にしかならない。しょうことなく治兵衛がなだめにかかる。

「五郎《ごろう》、そうかっかするない。相手は酔っぱらいじゃねえか」

「四ツ谷御門からずっと、袖を握って離さぬのだぞ。今日は法事が立て込んで、くたくただというに。下手な悪霊《あくれい》よりも、よほどしつこいわ！」

甘い菓子で、法事疲れを癒《いや》そうとしたのだろう。いつもより遅い刻限に麴町《こうじまち》を目指したところ、とんでもないものに憑《つ》かれた。石海は不満たらたらである。

「わかったわ！　きいてあげるから、言ってごらんなさいよ！」

治兵衛の背中から勇ましい声がして、祖父を押しのけるように前に出る。

「お君……」

頑丈な黒木にとまった蟬《せみ》のようだった修蔵が、ふらふらと前に出て、敷居をまたぐ。

「お君、お君か……久しぶりだな。ちっと見ぬ間に、すっかり大人びちまって、だが、達者なようすでよかった……すまねえな、おめえが辛い目に遭った折にも、おれは何もしてやれなくって」

「つまらない詫び言なら、願い下げよ。そんなことを、わざわざ言いに来たの？」

「そうじゃねえ……あ、いや、詫びてえのも本当だ。おっかさんにもおめえにも、すまねえことをしちまった。ずっとずっと悔いてきたが、いまさら許してくれなんて虫がよすぎる。そいつも、わかってんだ」

酒に呑まれているだけに、呂律《ろれつ》が怪しく説明もくどい。いい加減のところで、お君は癇癪《かんしゃく》を起こした。

「だから、何！　はっきり言ってちょうだいな！」

娘の声が、父親の背中を、どん、と叩いた。喉に詰まっていた本音の饅頭《まんじゅう》が、とび出した。

「おれは、待つことにした！　おめえたちが戻るまで、おれを許してくれるまで、待つと決めた！」

詫びでもあり、伝えるべき気持ちでもあるのだろう。さんざん悩んだ挙句に出した、修蔵のこたえだった。

「おれが江戸に戻るまで、六年かかった。六年ものあいだ、おまえたちを待たせちまった。だから今度は、おれが待つ……何年だって、何十年だって……」

いつのまにか修蔵の視線は、目の前の娘ではなく、その奥に向けられていた。

そろりとふり返ると、廊下にお永が立ち尽くしていた。

「おれは、待っているからな！」

万感の思いだけは、伝わったのだろう。お永は涙ぐみ、片手で口をおおった。

「別にあたしは、待ってなどいなかったし、待ってもらっても迷惑だわ」

ぷい、とお君が横を向く。父の真意がわからぬほど、お君は子供ではない。精一杯の申し訳だろうが、石海がすぐさま便乗する。

「そうだぞ！　おまえなんぞにウロウロされては、はた迷惑だ。金輪際《こんりんざい》、この家の敷居はまたがせないと言うたはずだ」

「もう、またいじまってるぜ、五郎」

修蔵の足許《あしもと》を、治兵衛は示した。弟の言い草ばかりでなく、この敷居は修蔵にとって、城の塀よりとりつき難い代物だったろう。

江戸に戻ってからも、修蔵はどこか逃げ腰だった。妻を乞い娘を案じながらも、千駄ケ谷に籠もったきりで、正面から挑もうとはしなかった。

敷居を越えた心意気だけは、ふたりにも伝わったに違いない。

ぽん、と修蔵の肩を叩く。よく頑張ったな、と目で微笑《ほほえ》んだ。

翌日、治兵衛はまた、関の戸を拵えた。

「お父さん、少しよろしいですか」

午後になり、雲平はいったん長屋に戻った。店仕舞いを終えたお君は、きっと昨夜の顚末を存分に語るつもりなのだろう、近所のおいまの家に出掛けていった。

縁で詰め碁にかかっていた治兵衛の横に、お永が膝をそろえた。

「このたびは、あたしのことで、ご心配をおかけしました。すみません、お父さん」

手をついて、娘が詫びる。よせやい、と頭を上げさせた。

「親子だってのに、水くさい。そういう律儀《りちぎ》は、おめえは昔っからだな」

「でも……いい歳をして、こんな面倒を起こすなんて恥ずかしくて……」

「こういうのはな、身内同士の綾《あや》みてえなもんだ。いわばにぎやかしだよ、気にすんな」

凪《な》いで見える暮らしにも、時々にさざ波は立つ。どんな家族でも、無地一色で済むはずはなく、さまざまな模様が刻まれる。決してきれいなばかりでなく、不格好《ぶかっこう》であったりひしゃげていたり、時には糸がこんぐらかって、機《はた》そのものが動きを止めてしまうこともある。それでも織り上がった一反は、この世にひとつしかない大切な一品となる。

この歳になれば、平穏な生活の有難さもまた身にしみていた。旅への憧憬は、残り火のようなものだ。雲平という風を送られて、ひととき赤く熾《おこ》っただけのことだ。まるで父の心中を正確に見抜きでもするように、お永がぽつりと言った。

「旅の話が、楽しかったんです」

「……そうか」

「京の紅葉が見事だったとか、瀬戸内の海は淡い色をしていたとか、金沢《かなざわ》の蛍烏賊《ほたるいか》が美味しかったとか……他愛のない話ばかりだけれど、お父さん以外の人と、旅の話なぞしたことがなくて……それが楽しくてならなくて」

猫の額ほどに狭い庭だが、隅に楓の木があって、ちらほらと色づきはじめていた。

赤く揺れる葉を、お永はながめている。

「お永、おまえ……」

どうするつもりかとは、きけなかった。

お永は未だに、関の戸の前で佇んでいる。行くか戻るか、決めかねている。

色づいた葉は、秋の風にたゆたっていた。

竹の春

その姿を見たとき、どきりとした。

碁敵《ごがたき》である近所の植木屋に出掛け、夕刻に戻ると、店の前に誰か佇《たたず》んでいる。

袴《はかま》をつけた武家装束《ぶけしようぞく》だが、柄は小さく、髪形からしても元服《げんぷく》前だとすぐにわかる。

かつてこの家に通っていた子供を思い出し、つい背中から声をかけていた。

「もしや、翠《すい》坊ちゃん……？」

あからさまにびくりとして、武家の子供がふり返る。

見知った顔とは、まったく違う。漏れそうになった落胆のため息をどうにか抑えて、治兵衛《じへえ》は相手に詫《わ》びた。

「こいつは、すいやせん。とんだお人違いをしちまいやした」

顔立ちも似ておらぬし、背丈《せたけ》も高い。どうして見間違いなぞしてしまったのかと、内心で苦笑した。

かれこれ二年半前になる。稲川翠之介《いながわすいのすけ》という武家の子供が、菓子屋志願を申し出て、この家に通っていた。治兵衛を親方と呼び、小さな手で懸命に生地《きじ》を練ったり、穴のあくほど師匠の手許《てもと》を見詰める姿は、微笑《ほほえ》ましさとともに胸の中に大切に仕舞われていた。

暮れ方の茜色《あかね》が、懐かしい面影を垣間《かいま》見せたのだろうか。

翠之介は十歳だったが、過ぎた年月を改めて数えてみると、いまごろはちょうど同じ年頃かもしれない。目の前の子供は、ふたつほど年嵩《としかさ》に見えた。

「武家の坊ちゃん、なんぞうちにご用ですか？　あっしはこの南星屋《なんぼしや》の主で、治兵衛と申しやす」

「南星屋……」

子供の表情が、明らかに動いた。店の名を知っていると、その顔に書いてある。

「すいやせんね、今日の分は売り切れてしまいやしてね。毎日、昼九つに店を開けますから、菓子をご所望《しよもう》でしたらまた明日にでも……」

すでに閉ざされた店の板戸を示しながら、そのように説《と》いたが、何が癇《かん》に障《さわ》ったのか、子供はぐいと踵《きびす》を返した。

「もう子供ではないのだから、菓子などいらぬ！」

そのまま足早に表通りに抜け、角を曲がり、四ツ谷御門《よやごもん》の方角に去ってゆく。

やはり茜色を浴びたためだろうか。口をへの字に曲げた横顔は、いまにも泣き出しそうに歪《ゆが》んで見えた。


「ね、おじいちゃん、きいて」

夕餉《ゆうげ》の膳を囲みながら、いつものように孫のお君《きみ》が最初に口を開いた。

雲平《うんぺい》が増えて四人になっても、無口な職人だけに、あまり賑《にぎ》やかしにはならない。

相変わらず、お君がその日の何気ないあれこれを、ほんの少し脚色しながらいかにも面白そうに語る。

「おっかさんたらね、翠坊はどうしているかしら、なんて急に言い出して。それまでまったく別の話をしていたのに、いきなりよ。ちょっと面食らっちまったわ」

「お君ったら大げさね。たまたま思い出しただけですよ」

寡黙な職人をはばかってか、お永《えい》がばつの悪い顔で言い訳する。

「こりゃ、驚いた。おれもさっき、やっぱり翠坊を思い出してな」

「やだ、おじいちゃんまで？　親子って、そういうものなのかしら。こういうの、何ていったっけ……我田引水《がでんいんすい》、じゃなくて」

「以心伝心《いしんでんしん》、でやすか？」

　雲平が、脇から助け船を出す。もとは禅宗から生じた成句で、言葉にできぬ禅の真理を、心により弟子に伝えることをいう。

「そう、それそれ、以心伝心よ」

「別にそんな、ごたいそうなものじゃねえよ。店の前で、お武家の坊ちゃんを見かけたもんでな、つい翠坊に結びつけちまった」

「あら、お父さんもですか？」

「てことは、お永もか？」

「ええ、商いの最中に姿が目について。菓子を買うわけでもなく、なのに立ち去ろうともせず、ずうっとながめてらして……そうですね、商いの半分くらいは見ていたように思います」

「そうなの？　あたしはちっとも気付かなかったけれど」

「お君は、お客さまより他は、目に入らないのでしょ。まあ、悪いことではないけれど」

　ふふ、とお永が笑い、お君がちょっとむくれた顔を返す。

「お永、そのお武家の坊ちゃんの年恰好《かっこう》は？」

「当時の翠坊ちゃんより二、三年嵩で、いまなら翠坊ちゃんもそのくらいになりますが。ただ着物は、かなり贅沢でした。たぶん、位の高いお旗本《はたもと》の若さまでしょうね」

稲川翠之介は御先手同心《おさきてどうしん》、つまり貧しい御家人の倅《せがれ》であったが、今日見かけた子供の身なりはずっと上等だったとお永が説く。

「顔立ちは、そうですね……目鼻の造作がやや大きめで、笑うと愛嬌がありそうな面《おも》立《だ》ちなのですが、ずっと怒ったような……いえ、困っていたのかもしれませんね。そんな顔をしていたものだから、少しきかん気が強そうにも見えて」

やはり翠之介とくらべているのだろう。翠之介は優しい面立ちで、それより少し勝気そうに映ったようだ。言葉が少ないぶん、お永は人を見る目には優れている。身なりといい顔立ちといい、さっき会った子供と似通っていた。

「おれが会ったのも、同じ若さまかもしれねえな」

「そうだとすると、何かうちに用があったのでしょうか？　私が上手く、聞き出してあげればよかったですね。客が引けた折に声をかけようとしたのですが、慌《あわ》てたように立ち去ってしまわれて」

「おふたりの話からすると、同じ若いお武家が、半刻《はんとき》ほども商いを見物した後で、また戻ってきたってことになりやすね」

「やっぱり翠坊と同じじゃないかしら。おじいちゃんの弟子になりたくて、でも家のことがあって言い出せないのよ」

「おいおい、お君、滅多なことを言うもんじゃねえよ」

「一度あったのだから、もう一遍あっても不思議はないでしょ。あ、雲平さんは知らなかったわね。翠坊というのはね、菓子職人になりたいって、おじいちゃんの押しかけ弟子に収まってしまって……」

雲平を相手に、お君が長々と仔細を披露するあいだ、治兵衛とお永は小声で語り合った。

「お武家といえば、お父さんのお実家《さと》しか思い当たりませんが」

「いや、岡本《おかもと》の家には、あの年頃の子供なんぞいねえしな。もしや……蔵前《くらまえ》に関わりがあるなんてこたあ……」

「そんな、まさか……」

お永がにわかに顔色を変える。蔵前とは、平戸《ひらど》藩松浦《まつら》家のことだ。浅草《あさくさ》蔵前に上屋敷があり、その家臣の河路《かわじ》金吾《きんご》とお君のあいだに縁談がもち上がったが、諸般の事情で破談となった。娘の心情を、お永は何よりも気遣っている。らしくないほどに気配が尖ったのも、そのためだ。

「おじいちゃんたらね、最初は困っていたくせに翠坊が一生懸命なものだから、そのうち情が移っちまって。跡取りの孫息子でもできたみたいに可愛がっていたのよ。あたしという孫娘がいるというのに、不足だとでも言わんばかりじゃない？」

冗談めかした軽やかな口調に、雲平も釣られて口許を弛《ゆる》める。孫の笑顔はただ眩《まぶ》しくて、どうぞこれが陰りませんようにと、治兵衛は娘とともに祈っていた。

幸い当のお君は、少々元気すぎるほどに、屈託とは無縁に映る。

若いお武家の意外な正体を知るきっかけを携《たずさ》えてきたのも、この孫娘だった。

「大変よ、おじいちゃん、あたしも会ったわ！」

居間にとび込んできたお君が、前置きもなく祖父に告げる。

「会ったって、誰にだい？」

菓子帳から目を上げて、治兵衛はたずねたが、お君がこたえるより早く、母親の叱責が降ってきた。

「何です、お君、騒々しい。それに、刻限はとっくに過ぎていますよ。早く帰るようにと言っておいたのに」

「もう、おっかさんたら、すぐにお小言なんだから。小間物屋には長居し過ぎたけれど、ほんのちょっとじゃない」と、口を尖らせる。

同じ麹町《こうじまち》の小間物屋で、新作の鹿《か》の子《こ》が売り出されたとかで、お君は友達のおいまと連れ立って覗きにいったのだ。若い娘は、鹿の子絞りの布で髪を飾る。その色柄や見せ方に工夫を凝らすのだが、お君にとっては装いの要とも言うべき一大事のようだ。

ただ、今日は南星屋でも、三月に一度の大事な相談がある。

「待ってはいられないから、先にはじめていましたよ」

居間には所狭しと、開いた菓子帳が敷き詰められていた。

あと半月を経ずに九月は終わり、十月を迎えると暦《こよみ》は冬に入る。今日の相談は、冬の菓子の趣向だった。お永は七十二冊もある菓子帳の生き字引に等しく、いつもは長屋に戻る雲平も、職人として控えている。菓子帳からいくつか抜いて、治兵衛と雲平が試作を施し、趣向をまとめる。

お君もむしろ、この日を楽しみにしているのだが、新作の飾り布も外せなかったようだ。半刻で帰ると告げて昼餉もとらずに出掛けていき、たっぷり一刻は経《た》っている。

「まあまあ、お永、そのくらいにしてやりな。それより、お君、誰に会ったんだい」

「あ、それよ、それ！　この前の若さまよ」

「若さま？」

「ほら、おじいちゃんとおっかさんが見かけたっていう、お武家の子供よ」

ああ、とようやく思い出した。あれから三、四日は経っているだけに、すっかり失念していた。

「お君も、見かけたのかい？」

「ええ、いましがた、店の前でね。やっぱり所在なげに、閉じた店の前を行ったりきたりしていたの。あたし、ぴんときて、声をかけてみたのよ」

「あの子と、話をしたのかい？」

「そうよ。南星屋の娘ですが、うちに何かご用ですかって」

相手が歳の近い娘であったこともあろうが、何よりも客あしらいで身につけたお君の親しみやすさが功を奏したのだろう。子供は少々渋ったものの、お君にうまく乗せられて、用向きを口にした。

「それがね、用があったのは、おじいちゃんでもおっかさんでもなく、雲平さんだったのよ」

「あっしに、ですかい？」

雲平が、意外そうに問い返す。お武家になぞ縁はないと、顔に書いてある。

「その子が、雲平に会いたいと言ったのかい？」

「そうじゃなく、亥之吉《いのきち》さんのことをたずねられたのよ」

「亥之吉のことを？　その坊ちゃんが、あいつの行先をご存知なんですかい？」

落ち着いた風情《ふぜい》のこの職人が、唯一、鋭く応じるのがその名であった。気持ちを察しているだけに、お君は申し訳なさげに肩をすくめる。

「ごめんなさい、雲平さん。小さなお武家さまも、やっぱり亥之吉さんを探して、うちを訪ねてきたようなの」

「……そうでしたかい」

雲平があからさまにがっかりする。治兵衛はそのとなりから、気になっていたことを孫に問うた。

「で、その坊ちゃんは、どこのどちらさんだい？」

「そればかりは、言おうとしないのよ。亥之吉さんとの関わりもね」

「そうかい……」

「ただね、亥之吉さんのことは、とても案じていたわ。どこでどうしているかはわからないけれど、神田《かんだ》で常和堂《ときわどう》のおかみさんと会ったことや、たぶん東海道を上って、どこかのご城下で菓子を作っているかもしれないと伝えたら、少しだけほっとした顔になって」

『そうか……息災《そくさい》であったのか』

子供らしくない、大人びたため息をついたという。

「南星屋《うち》に亥之吉さんの身内がいるときいて足を運んだと、それだけは教えてくれたのだけど」

「どこの坊ちゃんか、わからねえことには、こっから先は進みようがねえか」

「あたしも結構しつこく粘ったけれど、翠坊と違ってたいそう頑固で。うちに入るよう勧めても駄目だったわ……ごめんなさいね、雲平さん」

せっかくの手がかりを、みすみす逃してしまったようで気がひけるのだろう。お君が小さくなって謝った。

「いえ、お君さんは悪くありやせん。どのみち、その坊ちゃんも、亥之吉の行方《ゆくえ》に心当てはなさそうですし」

口調はさらりとしているが、表情には憂《うれ》いと拘《こだわ》りが張りついている。そのようすを気遣わし気に窺いながら、お永が口にした。

「さっき、お君が言ったでしょ？　『南星屋《うち》に亥之吉さんの身内がいるときいて』、と」

「ええ、たしかに、そうきいたわ」

「でも、ご近所に言いふらしたわけでもないし、雲平さんと亥之吉さんの関わり合いを知っている人は、ほとんどいないはずよ」

「言われてみれば、そうね……常和堂や稲月屋《いなづきや》の名を出したときも、初耳のごようすだったし」

雲平と亥之吉が、ともに修業をしたのが稲月屋で、そこの娘の嫁ぎ先が常和堂である。

しかし日本橋《にほんばし》や神田からでは、少し遠すぎる。この三、四日、何度も見かけたということは、武家の子供もそう遠くない場所に住んでいるはずだと、お永は推量を告げた。

「あたしの勝手な見当に過ぎませんけど……」

「何だい、お永、言ってみな」

「もしや、日野《ひの》家に縁《ゆかり》の若さまでは？」

聞き手の三人が、一瞬、顔を見合わせて、短い沈黙が落ちた。次いで、ああ、とてんでにうなずき合う。

「たしかに、そう考えるのが、いちばんしっくりくるな」

「あの身なりの良さも、六百石のお旗本の若さまなら合点《がてん》がいくわ」

「あっしと親方は、前に日野家を訪ねていやすから。それを伝えきいたのかもしれやせんね」

一様に、得心がいったとばかりに安堵のため息を漏らしたが、やはり気がかりは残っている。

「それならそうと、名乗ってくれれば話が早いのに」

「あれほどのご身分となれば、軽々しくお名を告げるわけにはいかないのかもしれないわ」

「雇人がふいにいなくなったとは、決して自慢できる始末ではありやせんしね」

三人があれこれと語り合う。ふうむ、と治兵衛は顎《あご》をなでた。

「でも、あの坊ちゃんのようすからすると、他にも何か知っていそうな気がするわ。どうして亥之吉さんが、黙ってお屋敷を抜け出したのか、よほどの理由《わけ》があるはずでしょ?」

孫の言いように、思わずうなずいていた。

怒っていながら困っているような、とお永は評した。治兵衛もまた、あの子供には強い屈託を感じた。それが亥之吉に絡んでいるからこそ、何度も南星屋に足を向け、そのくせ肝心の用件すら、なかなか明かそうとはしなかった。

あの子供は、この一件の核心を握っている——。そう思えてならなかった。

「たしかにお君の言うとおり、どうにかしてもう一度、会って話をきいてえもんだな」

「そうよね！　おじいちゃんはやっぱり話がわかるわ。さっそく明日にでも、行ってみましょうよ。今度はあたしも連れていってね」

「行くって、日野さまの屋敷にかい？　行ったところで、あのようすじゃあ、おいそれと顔を出してくれそうにもねえと思うがな」

「それこそ何べんも通うのよ。何ならあたしが、毎日門前に立ちん坊してあげるわ」

「おやめなさい、お君。下手《へた》をすれば、番屋《ばんや》にしょっ引かれかねませんよ」

お永にたしなめられるまでもなく、人通りの多い町屋と違い、あの殺風景な武家地で張り番をしていては、お君はもちろん治兵衛ですら目に立ち過ぎる。

もとより、いくら目通りが叶っても、固く閉じた蛤《はまぐり》のような子供の口を開かせねば意味がない。どうしたものか、とふたたび思案にふけった。ふと、思いついて顔を上げる。

「雲平、亥之吉さんに得手《えて》や不得手はあったかい？　もちろん、菓子職としてだが」

「得手、ですかい？」

雲平は、少し考えてからこたえた。

「滅多に文句をこぼさないあいつが、えらく難儀したものがありまして」

「ほう、何だい？」

「求肥《ぎゅうひ》でさ。柔らかくて粘りがありやすから、最初はあつかいに苦労したようで」

なるほど、と治兵衛も得心した。求肥はふよふよと頼りなく、独特の粘りがある。

求肥には、主に白玉粉を用いる。これに水を加え、砂糖と水飴を混ぜて火の上で練り上げる。腰のない餅のような食感と、歯に吸いつくような特有の粘りは、餅米を材とする白玉粉と、水飴に負うところが大きい。

「そういえば、どうして求肥なんて野暮《やぼ》ったい名がついたの？　羽二重《はぶたえ》みたいなお餅には、似合わないと思うわ」

お君が横から口を挟んだが、雲平は気を損じるようすもなく律儀にこたえる。

「京の親方の話じゃ、もとは牛の脾《ひ》からきてるそうでさ。唐《から》の国に牛脾《ぎゅうひ》という食い物があったと」

牛の臓物ときいて、お君は顔をしかめたが、単に生地が牛の皮に似ていることからついたようだ。はじめは牛の皮、つまり牛皮と当てられたが、獣の字を嫌って求肥に替わったとされる。さる大名が、京の菓子職人を招いて、江戸に求肥を広めたとも伝えられた。

百年以上前に著された百科事典、『和漢三才図会《わかんさんさいずえ》』でも、「最モ上品トシ軟ニシテ甘ク美」と絶賛されているが、当時の求肥は白玉粉に限らず、小麦粉、蕨《わらび》粉、葛《くず》粉など、さまざまな粉を合わせて水飴を加える製法だったと、今度は治兵衛が諸国で学んだ知恵を披露する。

つい昔を思い起こし、口許がほころんだ。

「おれも若いころは手こずったよ。どうしてこんなにベタベタするのかと、求肥に向かってこぼしていた。とはいえ、菓子屋に求肥は欠かせねえしな」

油断すると手に張りつき、成形にも苦労が要《い》るが、求肥には時間が経っても固くならないという大きな利点がある。ために昨今ではあたりまえのように、餅菓子の名で求肥生地が使われる。

「亥之吉も同じでさ。菓子職人たるもの求肥を疎《うと》んじては始まらねえ。覚悟を決めて、やたらと求肥ばかり拵《こさ》えていた頃がありやしてね。おかげで誰よりも得意になった。日野のご隠居さまも、なめらかで舌ざわりがいいと、何よりも求肥の腕を買ってくれたそうで」

嬉しそうに手紙に書いてきたと、雲平が語る。

「そうか、求肥の腕が良かったか……しかし求肥では、ちょいと広すぎるな」

「親方、広すぎる、とは？」

「相手が子供なら、菓子がいちばんの賂《まいない》になりそうに思えてな」

治兵衛が思惑《おもわく》を語ると、即座にお君が賛成した。

「良い思いつきね、おじいちゃん！　美味《おい》しいお菓子を前にしたら、子供じゃなくとも口がほころぶわ」

「ですが、たしかに求肥だけでは、絞りようがありやせんね」

「そうなんだ」

途切れた思案を繋《つな》げたのは、やはりお永だった。

「いっそ、五郎《ごろう》おじさんに相談なさっては？　たしかお茶席で、亥之吉さんの菓子を召し上がったと伺いましたから、何かご存知かもしれません」

「そうか、五郎か……うん、そうしよう。どうせ三日後には、間違いなく顔を出すしな」

娘の案に、膝をたたいた。

治兵衛の予言どおり、三日後九月二十日、牛込是現寺《うしごめぜげんじ》の住職は南星屋を訪れた。

「さすがは五郎だ。おめえなら、この日は外さねえと了見していた」

「冬菓子の味見の日であるからな。三月に一度の楽しみを、おいそれと逃すものか」

兄の皮肉交じりの冗談に、石海《こっかい》は大真面目でこたえる。

「なにせ相典寺《しょうてんじ》にいたころは、何かと忙しくてな。ついぞ相伴《しょうばん》できず仕舞いであったが、こうしてからだが空《あ》く身になった。檀家《だんか》連中にも、季替わりの前には死ぬなと言うてあるからな」

「仮にも坊さまが、何て言い草だい」

苦笑しながら、弟の前に茶と菓子皿を置いた。

「ほう、墨形《すみかた》にういろう餅か。なかなかに面白きとり合わせだな」

「墨形は渋めの菓子だからな、ういろう餅は思いきって派手に拵えてみた」

井戸水の味や材の仕入れ、あとは治兵衛の気分で、その日に出す菓子を決めているが、試作はやはり必要となる。菓子帳に描いてあっても、自身で拵えていなかったり、遠い昔に作ったきりで記憶があやふやなものもある。また三十年前の菓子を、そのまま出すわけにもいかず、当世風に作り替えたりもする。

治兵衛はこれを季節ごとに行うのが常で、五、六種ほどを試した上で、頭の中の品書きに加える。そして季替わり前の二十日には、客の感触を探るために、新作のうち二、三品を店に出してみる。甘党で食いしん坊の弟は、僧らしからぬ浮いた足取りで、この日を目がけて南星屋にやってくる。

まず、ぱっくりと墨形をほおばり、目尻を下げた。

「ふうむ、この胡桃《くるみ》と赤味噌の風味がたまらぬな。実に滋味深い味わいだ」

「そいつは雲平が、金沢《かなざわ》で見覚えたもんでな。拵えたのも奴《やっこ》さんだ」

上新粉と餅粉に、水と砂糖、赤味噌を加え、耳たぶほどにこね上げる。伸《の》した餅に粗く刻んだ胡桃を入れて巻き上げ、蒸籠《せいろ》で蒸す。さらに味噌だれを塗って焼くと、見かけは武骨ながら、何とも香ばしい餅菓子となる。

平べったい楕円形をしており、すりへった墨の形に似ていることからその名がついた。

「まあ、目障《めざわ》りではあるが、相変わらず腕だけは良いな」

精一杯の嫌味を添えながらも、案外大きめの菓子が、瞬《またた》く間に腹に収まったところを見ると、たいそう気に入ったのは明らかだ。

「どれ、兄上の菓子もいただくとするか。それにしても、見事なまでに鮮やかな色合いだな」

「そいつはお君の案だ。白い菱《ひし》だけでは、つまらないとぼやかれちまってな」

ういろう餅は、小田原《おだわら》名物として有名な外郎《ういろう》とは、また違う菓子である。小田原の外郎は羊羹《ようかん》に似ているが、治兵衛が筑前福岡《ちくぜんふくおか》で見聞した菓子は、見かけも歯応《はごた》えもまったくの別物だった。

材は上新粉と白砂糖のみ。故に外観も真っ白で、積もった新雪を思わせる。

これに水を加えてこね、裏ごしをして蒸し上げる。やや硬めな歯応えの、甘い餅といった風情だが、治兵衛は菱形に作ったういろう餅を上下二段にし、あいだに砂糖で煮詰めた干柿を挟んだ。小間物屋で購《あがな》ってきた柿色の鹿の子から、お君が思いつき、試してみると柿色が白に映え、若い娘が喜びそうな派手な菓子に仕上がった。

「ううむ、これもまた頬《ほお》が落ちそうだ。歯応えのある餅を嚙むと、干柿の風味が口いっぱいに広がる。極楽浄土にも、これほど旨《うま》いものはなかろうな」

「相変わらず大げさだな、おめえは」

墨形とういろう餅をふたつずつ平らげて、石海は満足そうに腹をさする。

「ところでな、五郎、日野家のことで、もうひとつふたつききてえことがあるんだ」

機嫌のいい頃合を見計らい、本題に入った。この前見かけた、子供の話を披露する。

「日野家のご嫡男《ちゃくなん》について、何か知らねえかい？　あるいは次男か三男かもしれねえが、十二、三くらいの子供に心当たりはねえか？」

「歳まではわからぬが、男子は嫡男ひとりだけとはきいておる。たしか名に、亀がついていた……かめたろう、いや、かめのすけ……忘れたが、そのような名であった」

途中から記憶を掘り起こすのを放棄して、石海が少々雑にこたえる。

「そうか……やっぱりあの子供は、日野さまのご嫡男かもしれねえな」

「燕舟翁《えんしゅうおう》の孫ということか。仮にそうだとしても、おいそれと口を割りそうにないのだろう？　子供相手では理屈も通らぬし、情に訴えるわけにもいかぬだろうて」

「そこで、おめえの知恵を借りたくってな。知恵というより、舌だな」

「わしのベロが、どう役立つというのだ？」

「おめえは唯一、亥之吉さんの菓子を食っている。お大名家の茶会の席でな。できるだけその菓子に、近いものを拵えてえんだ」

あの子供が、亥之吉の身を案じているのは確かだろう。さらに日野家の嫡男であれば、まず間違いなく亥之吉の菓子を、その腕を、舌が覚えているはずだ。

できる得る限り再現することで、多少なりともこちらの気持ちが伝わるかもしれない。

子供の気持ちを解きほぐすには、それしかあるまいと治兵衛は考えた。

「わしが食べたというと、燕子花《かきつばた》をかたどった生菓子か？」

「そういや、夏の茶会だったか。時節はてんで外れているな」

菓子にとって、季節は何より大事なものだが、夏と冬を入れ替えるわけにもいかず、これればかりは仕方がない。

「それに、生菓子か……できれば亥之吉さんが得手だという、求肥で拵えたかったんだが」

「味見なら、あの職人の方が適役ではないのか？　同じ修業仲間であったのだろう？」

「職人の腕ってのは、修業を終えた後の成り行きで、大きく変わってくるからな。伸びもすれば、腐らせることもある」

一流の茶人であった燕舟のもとで精進したのなら、相応に腕を上げているはずだ。兄弟同然の雲平ですらも、いまの亥之吉の菓子ばかりは計りようがないとこたえた。

「まあ、仕方がねえ。燕子花の生菓子で、試してみるか」

治兵衛は諦めかけたが、石海は記憶を探るようにして、何事か考えている。

「求肥……求肥……たしか茶会の席で、となり合うた客がそんな話を……」

と、墨形といろう餅を載せた菓子皿に目を遣《や》った。はっとした顔で、兄をふり返る。

「思い出した！　不昧公《ふまいこう》だ」

「不昧公……ってえと、あの出雲松江《いずもまつえ》の殿さまかい？」

腑に落ちぬ顔の治兵衛に、石海は大きくうなずく。

出雲松江藩の七代目藩主、松平治郷《まつだいらはるさと》は、隠居後に不昧と号した。

趣味人としても有名で、ことに茶道にかけては造詣が深く、自ら不昧流を創始した。また、茶器の蒐《しゅう》集家《しゅう》としても名を馳せていて、「不昧公好み」といえば趣味のいい名品の代名詞ともなっている。

そして不昧公好みは、茶器だけでなく菓子にもおよぶ。茶席に出す菓子には殊《こと》のほか気を配り、材を吟味して常に最高の一品を供したという。

不昧公は三十年ほど前に鬼籍に入ったが、治兵衛が若いころはまだ存命であり、日野燕舟もまた、茶を通して公と親交があった。

「燕舟翁の茶は不昧流ではないのだが、茶というより人生における師匠と考えておったようだの。茶道への一途《いちず》なのめり込みようも、道具や菓子への拘りも不昧公によう似ておる」

「で、その不昧公が、亥之吉さんとどう関わってくるんだい？」

「となりの客が、言うておったのだ。今日の燕子花も満足したが、やはり燕舟翁の菓子は、『竹《たけ》の春《はる》』が抜きん出ておると」

「竹の春……」

「不昧公の御留《おとめ》菓子の中に、『小倉松草《おぐらまつくさ》』というものがあるそうでな。それに想を得て、燕舟翁が抱えの職人に作らせた」

「つまりは、亥之吉さんの菓子ってことだな？」

「さよう。茶人のあいだではたいそうな評判を呼び、燕舟翁の茶会では必ずその名が出るほどだときいた。とはいえ、名から察するに秋の菓子であるからな、年中供するわけにもいかない。故に、燕舟翁の茶会は、秋がもっとも人気であったそうだ」

竹の春は、俳句の季語である。菓子屋にとっても季節をとり入れる上で季語は欠かせず、それが秋の季語だと治兵衛も承知していた。

草木は一様に、春に芽吹き秋に葉を散らせるが、竹だけはまったく逆に、秋に青さを増し、春に落葉する。故に、「竹の春」は秋を表す。同様に「竹の秋」は春の季語であり、陰暦三月を竹秋《ちくしゅう》と称した。

「言ってみれば、その竹の春という菓子が、亥之吉さんが何より得意とする品だと」

「そのとおりだ。しかもその菓子には、求肥が使われておる」

求肥ときいて、思わず身を乗り出した。

「五郎、そいつは、どんな菓子だ？　材や形《なり》は、きいちゃいないかい？」

「ふっふっふ、もちろんだ。微に入り細にわたり、ききおよんでおるぞ」

「さすがは五郎。食い意地にかけては、抜かりがねえな」

「そもそも不昧公の小倉松草から、語った方が早かろうな。これは後に、坊主仲間からききおよんだのだがな。不昧公の次のご当主の茶会に招かれて、小倉松草を食したそうだ」

松江藩は不昧公の長子が継ぎ、この斉恒《なりつね》も父と同様に茶道に通じていた。三十二歳という若さで早逝し、すでに孫の代になっていたが、かつて斉恒主催の茶会にて、小倉松草が供された。

「何でも、小倉餡で求肥を挟んだ、四角い菓子だそうでな。求肥には蓬《よもぎ》を混ぜてあって、その緑が何とも鮮やかであったそうだ」

治兵衛の二色のういろう餅を見て、石海は思い出したようだ。

そして燕舟は、小豆色と緑というとり合わせを真似た上で、まったく違う菓子を職人に作らせた。

「こちらは竹の切り口を模して、小倉餡を緑の求肥で巻いた丸い菓子だ。おそらく季が合わぬためか、蓬ではなく抹茶を使うておる」

「抹茶の求肥で、餡を巻いた菓子ってこったな……」

胡桃を巻いた墨形をながめ、治兵衛が呟《つぶや》く。

「しかし話だけではなあ……味も形も、そっくりというわけにはいかねえな」

「味見役なら、おるぞ。話に出した坊主仲間は、小倉松草ばかりでなく、竹の春も食しておるからな。相典寺にいたころのいわばご近所で、少し内藤新宿《ないとうしんじゅく》寄りになるが寺もそう遠くない」

「そいつは有難《ありがて》え！　五郎、そのお方に引き合わせてもらえるかい」

「お方というほど、たいそうな坊主ではないわ。わしも竹の春は、ぜひとも味おうてみたいと思うていたしな。帰りに寄って、向こうの都合をきいてこよう」

美味い菓子のためならばと、弟はいつになく軽やかに腰を上げた。

石海に連れられて、雲平とともに四ツ谷御門外の雲全寺《うんぜんじ》に赴いたのは、二日後だった。

「これはまた……大きな寺ですね」

伽藍を見上げて、雲平がため息をつく。相典寺よりは多少小ぶりなものの、雲全寺もまた大刹《たいさつ》の部類に入る寺であった。

ごたいそうな身分ではないとの言い草は、弟と住職の近しさを物語る。

「まあ、わしほどではないが、この坊主もそこそこ舌が肥《こ》えておるからな。味見くらいはできよう」

「この石頭にくらべれば、少しはお役に立てましょう。お力になれれば幸いです」

皮肉に嫌味を返す間柄のようだが、住職の宗林《そうりん》は快く引き受けてくれた。

「まず何よりの勘所《かんどころ》は、材の吟味に尽きますな。最上の品をそろえねば、あの味にはなりますまい」

宗林の助言に、治兵衛はさもありなんと深くうなずく。

味の加減や舌ざわりまで、でき得る限り細かにたずね、話をもとに菓子の図を描き、寸法も書き添えた。

「試しの品ができましたら、お持ちくだされ。拙僧も楽しみにしておりますぞ」

翌日から治兵衛は、極上の材料を集めにかかった。

「それにしても、何て奢《おご》ったお菓子かしら。こんなに白くて粒の整った砂糖は、初めて見たわ」

白砂のような和三盆糖を、お君は飽《あ》きもせずながめている。

「小豆《あずき》も白玉粉も極上ですし、この水飴といったら……」

「たしかに、これほど澄んだ黄金《こがね》色は、あっしも初めてでさ」

お永とともに水飴の甕《かめ》を覗き、雲平も呟いた。抹茶ももちろん、茶問屋から最高級のものをとり寄せた。

「亥之吉のために散財させて、申し訳ありやせん」

「雲平が、気にすることはねえよ。半分は、五郎が出してくれたからな。まあ、あいつの場合、菓子食いたさの一念だがな」

「そうそう、五郎おじさんは、仏さまもびっくりの食い意地の権化《ごんげ》だものね」

「お君ったら、口が過ぎますよ」

母親にたしなめられて、ぺろりと舌を出す。孫の愛嬌に目を細めながら、治兵衛は弟の別の思惑を反芻《はんすう》していた。

「とにもかくにも、亥之吉を見つけ出さぬ限り、雲平はいつまでもここに居座るのだろう？　さっさと探し出して、とっとと追い出してやらんとな」

どこまで本気かわからないが、雲平の存在に危うさを感じているのは確かだろう。

お君から固く口止めされて、この前の修蔵《しゅうぞう》の一件も、お永の気持ちも、一切弟には明かしていない。それでも石海は、前とは違う空気がただよっていることを、敏感に察しているのかもしれない。

弟の一言で、治兵衛は逆に気づかされた。

亥之吉を案じる気持ちに嘘はない。その一方で、亥之吉の登場を恐れる心持ちが、どこかにあった。亥之吉が見つかれば、雲平はここを離れ、旅立ってしまうだろう。その日が刻一刻と近づいているようで、焦燥《しょうそう》がこみ上げる。

治兵衛はそっと、お永をながめた。治兵衛が感じる焦りより、ずっと切ない。それこそ焦げるほどの物思いに、じっと耐えているのかと思うと、可哀想《かわいそう》でならなかった。

「それじゃあ、おじいちゃん、はじめましょうか。五郎おじさんも、首を長くして待っていることだしね」

お君の音頭が、気塞《きふさ》ぎを払った。そうだな、と笑顔で応じる。

材をそろえるのに四日を要し、翌日から菓子の試作にかかった。お永とお君は店を閉めてから加わるが、治兵衛と雲平は、店用の菓子作りを終えるとすぐにとりかかった。しかし三日過ぎても、満足のいく味には辿《たど》り着けなかった。

「餡と抹茶の加減が、いまひとつだな。茶の風味が足りねえし、餡も少うし甘すぎる」

「求肥の按配《あんばい》も、亥之吉のものとは、どこか違いやすね。舌ざわりが荒いというか、あいつの餅は、喉をすんなりと滑り下りていくほどに、滑《なめ》らかなんでさ」

出来損じの菓子を前にして、ふうむと治兵衛がうなる。

「いまさらだが、亥之吉さんの腕はたいしたものだな。どんなに材を奢っても、腕がなければ旨い菓子にはならねえし、むしろ良い材はかえってあつかいが難しい。これを五年近くもくり返していたなら、よほどの域に達していなさるのかもしれねえな」

「親方の、言うとおりでさ……弟子だけに、どこかで侮《あなど》っていたのかもしれやせん。いつのまにか、亥之吉はとっくにおれを追い越して、高みに登っていたんですね。本当にいまさらですが、改めて身にしみやした」

らしくない、ため息をついた。これまでは兄弟に似た情に覆い隠されていたが、職人はおしなべて、意地と誇りでできている。ふたりが並べば、ぶつかるのも必然だ。治兵衛自身、雲平に対して似たような思いを抱えているだけに、手にとるように気持ちがわかる。

だがそれでも、自身の不足を身をもって感じたときこそが、伸びる好機なのだ。

職人同士では、口はばったい説諭《せつゆ》など無用の長物だ。ただ、ぽん、と肩に手をおいた。

ともに作る菓子こそが、あらゆる迷いや落胆を払う、唯一の良薬となり得る。

雲全寺の宗林住職のもとには、試作の品を手に、三度通った。

「ううむ、何かが足りぬ気がするのう……材が不足しているわけではなく、甘みと茶の苦みの按配《あんばい》かのう」

職人ではないだけに、舌に頼った大まかな評になるのも仕方のないところだ。そこを鑑《かんが》み、斟酌《しんしゃく》して加減を施すのは、職人の領分であり醍醐味《だいごみ》でもある。

宗林を満足させる一品が出来上がったのは、試作をはじめて実に十日後のことだった。

「食べて、くれやしたかね……」

「前と同じに、門の番衆に頼むのが精一杯だったからな。坊ちゃんに、必ず渡してくれると請け合ってはくれたが」

「心付けとして、墨形というろう餅もどっさり置いてきたのだから、きっと大丈夫よ」

「まさか、お人違いということは、ありませんよね？　うちに来た若さまが、本当に日野さまの跡継ぎかどうか、確かめたわけではありませんし」

出来上がった菓子は、その日の昼過ぎ、治兵衛と雲平が日野家に届けにいった。出てきたのは、前とは違う中間《ちゅうげん》であったが、南星屋だと名乗ると、愛想よく応じてくれた。

「ああ、あんたが、南星屋の主人かい。いや、前にもらった飴と餅菓子は、たいそう旨かったよ。仲間内でも、たびたび話種《はなしぐさ》にしていてな。実は時々、麴町の店まで買いに走ることもある」

以前は邪険にあしらわれたが、今日は打って変わって笑顔を向けられる。菓子の魔力とでも言おうか。どうぞあの子供にも伝わりますようにと祈りながら、大きな菓子包みと、袱紗《ふくさ》に包《くる》んだ小ぶりな折箱を渡した。

「こんなにもらっちまって、すまねえな。皆で有難くいただくよ。……え？　これを若さまに？　へえ、若さまも贔屓《ひいき》にしてらしたとは知らなかった。ああ、お安いご用だ。必ずお渡しするよ」

快い返事には安堵したものの、こうして夕餉の膳を前にしていても、気になってならない。自ずと箸が止まり、心配が口からこぼれ出る。

やけに重苦しい食事を終えて、お君が膳を抱えて立ち上がったときだった。

「何か、きこえない？　ほら、戸を叩くような」

「あら、本当ね……裏の玄関ではなく、店の方ではないかしら」

「もしや……」

雲平が呟いて、治兵衛と目でうなずき合う。素早く腰を上げた雲平が、店へと続く廊下を渡り、治兵衛も慌てて後に続く。二枚きりの店の板戸が、たしかに外から叩かれている。治兵衛は急いで潜戸《くぐりど》の閂《かんぬき》を外し、表に出た。

「やっぱり……坊ちゃんでしたか」

屋敷からここまで、走りどおしで来たのだろう。息を切らせ、肩が激しく上下する。挨拶をとばして、いきなり切り出した。

「こ、この菓子は……亥之吉が拵えたのか？　亥之吉が、帰ってきたのか？」

ああ、そうか――。と、治兵衛はようやく、自分の至らなさに気がついた。見紛《みまご》うてくれたのなら成功と言えようが、要らぬ期待を与えてしまった。

「糠《ぬか》喜びをさせちまったなら、お詫びしやす。そいつは、あっしとこの職人が拵えた菓子でして」

小さく灯《とも》った火は、たちまち吹き消された。

かくりと膝をついた子供から、吹きこぼれるように大きな泣き声があがった。

「ほら、そんなに泣かないで。決して悪気があったわけじゃないのよ。若さまに妙な望みを抱かせて、本当にごめんなさいね」

お君が懸命になだめるが、堰《せき》の切れた涙の川は止まるようすがない。ひとまず中に入れ、居間に通したが、顔をくしゃくしゃにしてろくに言葉すら出ない。

菓子がきっかけとはいえ、武家の子供がこうまで情けない姿をさらすのは、よほどのことだ。それだけ抱えていた屈託が重過ぎたのだろう。この前は少し大人びて見えたが、涙をこぼす姿は頑是《がんぜ》ない子供と変わらない。泣きながらも、手には大事そうに袱紗包みの折箱を抱えていた。

自ずと笑みがわいて、治兵衛はそっとたずねた。

「竹の春は、亥之吉さんの得意菓子だときいておりやす。若さまも、召し上がりやしたか？」

こくん、と頭が縦にふられる。

「それを真似て拵えてみましたが、菓子の味は、いかがでしたか？」

今度は首を横にふる。

「亥之吉の味には、到底およばねえとわかっちゃいやすが、そんなに不味《まず》かったですかい？」

雲平の問いに、ふたたび首をもげそうなほどに左右にふった。

「……て、ない」

「何が、ないの？　お砂糖が、足りなかった？」

傍に寄り添いながらお君が問うと、ようやく右腕で涙を拭い、こたえた。

「食べては、おらぬ……」

食べるより前に、亥之吉を案じて駆けつけたのだろうか。治兵衛はそうとったが、それだけの理由ではないと、神妙な顔で告げた。

「おれは……もう二度と菓子は口にせんと誓ったのだ。だから、これは、お返しする」

菓子の入った小さな箱を、治兵衛の前にずいと滑らせた。

「菓子断ち、ってことですかい？　何かの願掛けですか？」

「違う……せめてもの詫びと、おれへの罰だ」

畳を睨みつけながら、両の拳を握りしめた。

はっきりとした目鼻立ちだが、まるで輪郭からはみ出そうとでもしているように、やや収まりが悪く、かえってこの子供の闊達《かったつ》や自由を表している。それがいまは、引き結んだ口の中に押し込められて、愛嬌を削《そ》いでいた。

「詫びとは、どなたにですか？」

お永の優しい声音に促され、ぽつりとこたえる。

「おじいさまと、亥之吉に……」

その名が出たとたん、ぴくりと雲平の肩が動いた。何か言おうとするが、すんなりと出てこない。代わりに治兵衛が切り出した。

「ここにいる雲平は、亥之吉とは兄弟弟子でしてね。実の兄弟同然の間柄でさ。亥之吉がお屋敷から出奔したときかされて、いまどこにいるのかと、ずっと案じていやす」

「ここに亥之吉の身内がいるときいていたが……そなたであったのか」

中間たちが語る南星屋の話を、最近になって、たまたま立ち聞いたと子供は語った。その店に亥之吉の身内がいると、誰かが声高に語り、自ずと麹町に足が向いたようだ。

泣き腫らした顔を上げ、その目がひとたび雲平を捉えた。そして驚いたことに、畳に打ちつける勢いで、手をついて頭を下げた。

「すまぬ……おれのせいだ。おれをかばって亥之吉が……」

「かばう、とはどのような？　いったい、何があったんで？」

たまらず腰を浮かせた雲平を、治兵衛が押しとどめる。畳にこすりつけた頭から、ふたたびすすり泣きが漏れた。

「……おれの、悪戯《いたずら》のせいで、『黙《しじま》』が壊れて……そのために、おじいさまが亡くなられて……その罪を、亥之吉が代わりに被《かぶ》ってくれた」

はて、と治兵衛は首をひねった。『黙』とは、どこかできいたことがある。ただそのときは、記憶の緒を摑むことができなかった。

仔細はわからぬまでも、祖父を死なせたのは自分だと、この子は思い込んでいる。こんな小さなからだで、それほどまでに重い罪を抱えきれるはずもない。せめて共に携えてやりたいと、亥之吉はその罪を肩代わりしたのだろうが、かえってそれが、いっそう子供を追い詰める結果になったのかもしれない。

いずれにせよ、打ちひしがれる子供の姿ほど、辛いものはない。

菓子に使った抹茶を思わせる苦さが、胸いっぱいに広がった。誰もが同じ思いなのだろう。子供の背をさすりながら、お君も洟《はな》をすすり上げ、お永もそっと目頭に袖を当てる。

畳についた小さな両手に、皺《しわ》の寄った手を重ねた。そっと子供のからだを起こしてやる。

「坊ちゃん、これをお使いなせえ」

雲平が差し出した手拭いを、素直に受けとった。

「そういや、お名を伺っておりやせんでしたね。おきかせ願えやせんか？」

「日野、亀之進《かめのしん》……」

白兎のような赤い目の底は、ひどく澄んでいた。

亥子《いのこ》ころころ

初冬の宵闇《よいやみ》は深く、雲平《うんぺい》が手にした提灯《ちょうちん》の丸い灯《あか》りだけが、心細げに足許を照らす。

武家の子供の姿が、浮かび上がった。

立派な着物袴《きものはかま》を身につけていても、十二歳の子供には変わりない。散々泣いて、洗いざらい吐露《とろ》して少しは気が晴れたのか、最前よりはだいぶ落ち着いていたが、もうずっと長いこと、この宵闇よりももっと暗い物思いを抱えていたのかと思うと胸が詰まる。気休めとは知りつつ、治兵衛《じへえ》は言わずにはおれなかった。

「亥之吉《いのきち》さんは、きっと見つかりやすよ。京の菓子屋を通して、必ず雲平に知らせをくれるはずです」

日野亀之進《ひのかめのしん》と名乗った子供は、神妙な顔でうなずいた。

「それじゃ、雲平、頼んだよ」

日野家まで送り届ける役目を負った職人が、軽くうなずく。

通りまで見送りにきたお君《きみ》が、背を屈《かが》めて子供に顔を近寄せた。

「若さま、また遊びにきてくださいね」

「……遊びに？」

「だって亥之吉さんの無事を、一刻も早く確かめたいのでしょ？」

「あ、ああ、そういうことか。わかった、折々に寄らせてもらおう」

大人びた口つきで、大真面目に返す。お君の意図は、別のところにある。単に気晴らしをさせてやりたいのだろう。察した治兵衛は、娘のお永《えい》と目を合わせて微笑《ほほえ》んだ。

雲平と並ぶと、その背中はいっそう小さく見える。

丸い灯りが角を曲がって見えなくなると、お永が呟《つぶや》いた。

「お可哀《かわい》そうに……せめて亥之吉さんの居所がわかれば、少しは慰《なぐさ》めになるでしょうに」

先刻、日野亀之進からきいた事々を思い出すと、治兵衛もまたやるせなかった。

事の起こりは、山路《やまじ》家で開かれた茶会であった。

亀之進の祖父の日野燕舟《えんしゅう》は茶人であり、弟子の中には、大名や旗本《はたもと》も名を連ねている。山路は西丸御留守居役《にしのまるおるすいやく》で、二千石の大身《たいしん》という。日野家は六百石だが、こと茶事に関しては、あくまで燕舟が師であり山路は弟子である。

この山路が、「四季《しき》の会」と銘打った茶会を開いていた。名のとおり、季節ごとに三月に一度、元服《げんぷく》前の武家の子息ばかりを招いて、山路の屋敷で催される。祖父に強く勧められ、亀之進も去年の春先から、一年ほど通ったという。

「おれは、茶は苦手だった。苦いばかりでちっとも旨《うま》くないし、長らくじっと座っているのも退屈で」

そんな孫に、少しでも茶に親しんでもらいたいとの祖父の願いであったのだろうが、亀之進にとっては、決して居心地の良い場所ではなかった。

武家はことさらに、身分や役目を重んじる。それは子供とて同じで、十《とお》を越えて己が立ち位置が見えてくるとなおさらだ。二千石の山路家が主催するだけに、集まる子供は軒並み千石以上の家柄で、桁《けた》の違うのは日野家だけだった。なのに茶会の亭主たる山路は、師の孫である亀之進を、あからさまに引き立てる。

それが周囲の反感を、いっそう煽《あお》ったのだろう。誰よりも疎《うと》ましい目を向けるのは、山路の嫡男《ちゃくなん》、斗一郎《といちろう》だった。挨拶しても素通りされ、父の目につかぬところで嫌味をぶつけられることも茶飯事だったという。

そんな中、去年の冬の茶会で、亭主の山路が『黙《しじま》』の話を出した。

「あれほど見事な黒楽《くろらく》茶碗は、わしも初めて目にした。漆黒《しっこく》の肌といい手捏《てづく》ねの風合いといい、あれぞ名品！　二百両なら安い買物であったと、燕舟先生もご満悦であったわ」

そのくだりをきかされて、治兵衛はようやく思い出した。

『黙』の銘に覚えがあったのだが、それまでどうしても出てこなかった。話の種は、弟の石海《こっかい》だ。何年か前に催された燕舟翁の茶会の折に、当の燕舟が手に入れたいと持ち主に熱心に乞うていた。二百両という金高も同じだが、ひとつだけ齟齬《そご》がある。

つい、亀之進にたずねていた。

「『黙』はたしか、茶碗ではなく、棗《なつめ》だときききやしたが」

「『黙』の銘をもつ道具は、三つある。茶碗と棗、そして茶釜だ」

いずれも昔のさる茶人が作らせて、三つを合わせて『黙』と銘打ったが、時を経て散逸し、いまは持ち主がそれぞれ異なっている。燕舟は十年ほど前に茶碗だけは手に入れたが、残る棗と釜は、ひとかどの家の家宝とされていて、入手は非常に困難だ。

「それでも、『黙』をすべてそろえることが、おじいさまの悲願だった……なのに、おれが……」

一度止まった涙が、ふたたび子供の目からこぼれ出て、袴を濡らした。気遣わし気に、お君が慰める。

「おじいさまが大事になすっていたことは、承知していたのでしょ？　さっきは悪戯《いたずら》と言ってたけれど、何か、よほどのわけがあったのでしょ？」

「……偽物と、言われて……」

「偽物？　そのお茶碗が？」

ん、と喉の奥で返事をし、こっくりと首をふる。

山路の話には、ひとつ尾鰭《おひれ》がついていた。

「昨今、どこぞの豪商が、『黙』の茶碗を手に入れたなどとうそぶいておるそうな。燕舟翁があれを手放すわけがなかろうと、即座に打ち消しておいたがな」

弟子たる山路は憤然《ふんぜん》と言い放ったが、子供たちには格好のからかい種になった。

「おい、白状しろよ。どうせ金に困って、密《ひそ》かに売っ払っちまったんだろ？」

「大番組頭ごときに、二百両の茶碗なぞ分不相応だ」

「きっとどこぞから、借りただけかもしれないぞ。手に入れたなぞとほざいて、とんだ見栄っ張りだ」

茶会が終わると、山路の嫡男とその仲間に、散々にからかわれた。身内や家を馬鹿にされることほど、子供にとって辛《つら》いことはない。もちろん亀之進は、猛然と反論した。

「そんなこと、あるもんか！　『黙』はちゃんと屋敷にある！」

「じゃあ、見せてみろよ。明日、ここにもってきたら信じてやるよ」

ふう、とお君が思わずため息をつく。

「それで、茶碗をもち出してしまったのね」

しゅん、と子供の肩が下がった。

「そんな顔をしないで。あたしもきっと、同じことをしたわ。おじいちゃんや南星屋《なんぼしや》が馬鹿にされたら、黙ってなんておけないもの」

引き立てるように明るく告げたが、子供の顔はさらに翳《かげ》った。

その日の暮れ方、祖父が自室を空《あ》けた隙に忍び込み、『黙』と記された箱をもち出した。

「でも、おれが廊下に出たところで、おじいさまが戻ってこられて、驚いて箱を落としてしまった。……茶碗が割れて、それでおじいさまが……」

自分の心の臓を絞るように、子供は胸の前で両手をきゅうっと握りしめた。きつく、目を瞑《つむ》る。お永がそっと背中を撫でながら、「大丈夫、大丈夫ですよ」とくり返し呟いた。

茶碗の箱を抱えて、廊下に出たところで運悪く祖父が戻ってきた。慌てて背中に隠そうとした拍子に手がすべり、茶碗は箱ごと沓脱石《くつぬぎいし》で大きくはずみ、庭に落ちた。紐《ひも》で結《ゆ》わえてあった箱の蓋が開き、茶碗は庭石にぶつかって、端が大きくかけてしまった。

しかし亀之進を震えあがらせたのは、その事実より、祖父の言動だった。

燕舟は、欠けた茶碗を拾い上げ、日にかざすようにしてながめ、いきなり庭の敷石に茶碗を叩きつけたのだ。

粉々にくだけた茶碗の残骸を見下ろす祖父は、まるで羅刹《らせつ》ほどに恐ろしき形相《ぎょうそう》であった。

そして一言呟いて、ばったりと前のめりに倒れた。卒中《そっちゅう》を起こしたのだ。

呼んでも揺さぶっても、祖父はこたえない。終《しま》いには叫ぶように、祖父を呼び続けた。

亀之進の声に応じて、若党や女中が次々と駆けつけ、倒れた燕舟を座敷に運び、床に横たえて医者が呼ばれた。そのあいだ亀之進は、庭の松の陰でずっと震えていた。

見つけてくれたのは、亥之吉だった。

「姿が見えないと思ったら、ここでしたか。きけば、おじいさまが倒れられた折に、お傍《そば》にいらしたとか……さぞかし怖《こわ》い思いをなすったでしょう」

「違う、おれだ！　おれのせいで、おじいさまが！」

しがみつき、声を放って泣いた。泣きながら、すべてを打ち明けていた。

亥之吉はひととおり話をきき終わると、庭に散った茶碗の欠片《かけら》を拾い上げ、ためつすがめつしていたが、途中で、はっと気づいた顔になった。

「おじいさまは、倒れる前に何と？」

「わしの『黙』が失われてしまった、と……」

呻《うめ》きに似た呟きには、喪失感だけが深く刻まれていた。

だが、亥之吉は、亀之進にはっきりと告げた。

「ご隠居さまが倒れられたのは、若さまのせいじゃありやせん。こいつが、その証しでさ」

と、歪《ゆが》んだ三角形をなす、茶碗の欠片を手に載せた。釉薬《ゆうやく》を塗られた表側は黒光りしていたが、地の三辺はくすんだ土色を晒《さら》していた。

「どうして、これが……？」

不思議そうに見上げると、亥之吉は微笑んで子供の両肩に手を置いた。

「茶碗を粉々に砕いたのは、亀之進さまじゃありやせん、燕舟さまです。そうでございやしょう？」

「確かに、そうだが……」

「それだけが、真実《まこと》でさ。だから若さまは、何も心配なさらず、ご隠居さまのご快癒《かいゆ》だけを祈っていておくんなせえ」

「でも……」

「いいですね、茶碗のことは言いっこなしでさ。この亥之吉と、約束してくださいやすね？」

細い小指をとって、わざわざ指切りまでして念を入れた。

しかし朝を待たずに祖父はあの世へ旅立ち、亀之進はその日から高い熱を出した。

三日後の祖父の葬式には、どうにか列席したものの、亥之吉の姿はどこにもなかった。

「父上が身罷《みまか》られたからには、菓子を作る用もないと申してな。すでに屋敷を去った」

父の基知《もとのり》からそのように達せられたときは、真っ青になった。

「きっと亥之吉は、おれをかばって、茶碗を割った罪を己で被ってくれたんだ……そうでなければ、急に屋敷からいなくなったわけに合点《がてん》がゆかぬ。おじいさまの葬《とむら》いも済まぬうちに屋敷を去るなんて、亥之吉はそんな薄情な男ではない」

涙をふりこぼしながら、亀之進は述懐した。亥之吉との約束と罪の意識の板挟みになりながら、この十月《とつき》を過ごしてきたのかと、想像するだけで胸が詰まる。

治兵衛はもちろん、お永やお君ですらも慰めようもなかったが、雲平が子供にたずねた。

「若さまと亥之吉は、日頃から近しくなさっていたんですかい？」

話の流れが変わり、子供は素直にうなずいた。

「茶は苦手でも、亥之吉の菓子は大好きだった。菓子を作るさまも、見ていて飽きなかった。よくとなりに張りついてながめていたが、亥之吉は邪険《じゃけん》にすることもなく、おれの話をきいてくれた」

日野家には台所とは別に菓子部屋があって、亥之吉は一日中ここに詰めていた。手伝い人すら置かず、ひとりで拵《こしら》えるのが常であり、誰の目を気にすることもない。亀之進にとっても、息抜きの場所であったようだ。

「亥之吉は、そういう奴でさ。昔から、変わらねえ」

懐《なつ》かしそうに、雲平がかすかに目を細める。

稲月屋《いなづきや》で修業していた十代の頃から、亥之吉は面倒見がよく、お嬢さんであったお槙《まき》もよく懐いていたと、いつか話してくれたことがあった。その頃を思い出しているのだろう。

「おれも……亥之吉にだけは、何でも話すことができた。おじいさまのように趣《おもむき》深いことには興《きょう》が乗らぬし、父上のような学問や算盤《そろばん》の才もない。おれはできれば武芸で身を立てたい。いつか武者修行の旅に出たいと、詮《せん》無き夢を語っても、亥之吉は真面目にきいてくれた」

詮無き夢と、自身で告げる物分かりのよさが、胸を衝《つ》いた。これぱかりは、武家か町人かではなく、長子故《ゆえ》の分別かもしれない。生まれながらに行く道を定められた長子は、安泰とともに鎖も纏《まと》うている。祖父とも父とも違う己を知れば、なおさらだ。小さな身の内に抱えた抗《あらが》いを、亥之吉は汲みとって、菓子の中に練り込んでくれたのかもしれない。

「おれのことで、父上とおじいさまが諍《いさか》いを起こしたときなぞも相談に乗ってくれた」

「諍いって？」と、鸚鵡《おうむ》返しにお君がたずねる。

「山路家の茶会を辞めたいと、おじいさまに切り出したら……父上にそそのかされて、そんなことを言い出したのだろうと、おじいさまは勘違いなさって……」

石海から、ちらときいてはいたが、日野燕舟と基知は、水と油ほどに違いの際立つ親子であるのだろう。たとえ似ていても、かえって反発し合うこともあり、ままならないのが親子というものだ。ただ、燕舟と基知のあいだに埋めようのない確執があったのは、確かなところかもしれない。

「若さまのせいでは、ありませんよ」

らしくないほどに、妙にきっぱりとした口調で、お永が言った。

「親子にせよ夫婦《めおと》にせよ、仲違《なかたが》いは当人同士のことなのですから。子供は心を痛めるでしょうが、負い目を感じることはひとつもありません」

お永はきっと、亀之進ではなく娘のお君にそう言いたかったのだろう。

「おっかさん……」

ふり向いたお君に向かい、お永は黙って微笑んだ。

鐘の音が五つ、重々しく時を告げた。

「だいぶ遅くなっちまったな。お帰りが遅いと、屋敷の方々が心配なさるでしょう」

「それなら、長屋に戻るついでに、あっしが屋敷までお送りしやしょう」

気軽に腰を上げた雲平を、子供がじっと見る。

「おれを、怒っていないのか？　亥之吉とは、実の兄弟同然の間柄であるのだろう？　おれのせいで、亥之吉が……」

「若さま、そいつは違いまさ。亥之吉を、侮《あなど》らねえでおくんなせえ」

「侮る……？」

「亥之吉が仮に、若さまを庇《かば》い立《だ》てしたとしても、決めたのは奴自身でさ。そこから先は、どう転がろうと手前《てめえ》の始末。それが大人ってもんでさ」

単なる慰めではない。気概のある真実は、思いのほか深く子供の胸に届き、ぶよぶよと心を覆っていた悔恨の情を、一瞬払ってくれたのか。

雲平を見詰めながら、亀之進は口許を引きしめて、うなずいた。

「元服前であっても、おれとて侍の子だ。せめてもの戒《いまし》めに、これを肌身離さずもち歩いておる」

首に提《さ》げていたらしい、小さな巾着袋《きんちゃくぶくろ》を外した。口をゆるめて逆さに振ると、子供の手の上に小指の長さほどの三角形の物が落ちた。

「それは、もしや……」

「割れた『黙』の欠片だ。己が罪を忘れぬよう、肌身離さずもち歩いておる」

黒く光る面と、土色の辺。面の黒色が際立つためか、地の土色が妙に寂しい。

こんなものを、後生大事《ごしょう》に抱えていたのか――。首がもげそうなほどに重く、角がこつこつと胸に当たり、さぞかし障《さわ》りになっただろうに。

「若さま、それを……しばらく預からせてもらえやせんか？　ちょいと、気になることがありやして」

つい口を衝いたのは、ほんの数日でもいい、重石をとってあげたいという気持ちからだった。終いの言葉は言い訳に過ぎないが、亀之進は素直に信じたようだ。紐のついた巾着ごと、治兵衛に渡してくれた。

「こんなもの、捨てっちまった方がいいのになあ」

雲平と亀之進を見送りながら、手にした巾着を掲げてため息をついた。

「おじいちゃん、あたしにも見せてちょうだいな」

家に戻ると、お君に請われた。欠片を指でつまみ上げ、行灯《あんどん》の前にかざす。

「茶碗が二百両ということは、このひとかけで二両くらいになるのかしら？」

「お君ったら、あからさまな値踏みは、はしたないですよ」

「だって、おっかさん、とても信じられないもの。地だけを見たら、その辺の素焼きとたいして違いはないわ」

「目利《めき》きでもない私たちでは、値など計りようがありませんよ」

ふっとそのとき、直に耳にしたはずのない燕舟翁の声が降りてきた。

――わしの『黙』が失われてしまった。

「お君、おれにも見せてくれねえか」

孫の手から渡された欠片を、じっくりと確かめる。

「どうしました、お父さん？」

「いや、おれにはやっぱりわからねえが……もしかすると、五郎《ごろう》なら」

翌朝、治兵衛は近所の子供に、牛込《うしごめ》の是現寺《ぜげんじ》まで使いを頼んだ。

住職の石海《こっかい》は、兄の呼び出しに応じて、その日の午後、南星屋を訪れた。


「めずらしいな、兄上がわざわざ寺にまで使いを寄越すとは。いったい何事だ？」

南星屋が開店し、すでに半刻《はんとき》近くが過ぎている。お永とお君は店に立ち、雲平は仕事場で後片付けをしていた。

「五郎にちょいと、見てもらいてえものがあってな。その前に、日野の若さまからきいた件《くだり》を語った方がいいだろうな」

茶と菓子を勧めて、昨夜の一部始終を語る。

「なるほど、燕舟翁の往生には、さような経緯《いきさつ》があったのか」

菓子を頰張りながら、石のようなごつい坊主頭をうなずかせる。つい、その手にある菓子と、弟の顔を見くらべた。

「わしの顔に、何かついておるか？」

「いや、五郎には、あん焼《やき》がよく似合うなと思ってな」

「嬉しくないぞ、兄上。武骨な焼餅よりも、どうせなら雅《みやび》な羽二重餅《はぶたえもち》が似つかわしかろう」

洒落《しやれ》だとわかっているだけに、治兵衛は遠慮なく腹を抱えた。

今日の菓子は、大坂《おおさか》のあん焼と、秋田諸越《あきたもろこし》。

あん焼は別名、十三焼《じゅうそう》ともいう。淀川《よどがわ》に、十三の渡しという渡し場があり、船着場近くで売られているためだ。米粉団子の皮にこし餡《あん》を包み、砂糖は黒砂糖。平たい丸型にして両面に鉄板で焼き目をつける。

弟は子供の頃、大鶉《おおうずら》という餅菓子が大好きだった。あん焼の素朴な風情《ふぜい》が大鶉を思わせて、ひどく似合いに映ったのだ。

秋田諸越は、佐竹《さたけ》藩の御用看板を務める菓子司が商っており、小豆《あずき》粉を材とした角形の落雁《らくがん》である。もとは佐竹の殿さまが、臣下の功を労《ねぎら》うために煎米《いりごめ》を菓子に作らせたのが始まりとも伝わっており、小豆を粉にした小豆粉を加えたのは、初代店主の工夫とされる。

小豆粉と米粉に砂糖を加え、一寸四方の四角の型に押し固め、乾燥した後に表面を軽く焼く。型に刻まれた蕗《ふき》の図や「諸越」の文字が、焼き目として浮かび上がり、このきつね色が落雁としてはめずらしく、独特の風合いを醸《かも》しだす。

意匠まで真似るわけにもいかぬから、雲平と相談し、垣根に松を配した抜型で模様をつけた。

牛込の寺で住職を務める石海は、これも旨そうに音を立てて食《は》みながら、亀之進の話を反芻《はんすう》していたようだ。菓子をすっかり平らげて、ずずっと茶をすする。

「『黙』が失われた、と、倒れる前に燕舟翁は呟いたのだな?」

「ああ、亀之進さまはそのように。で、こいつを見てほしいんだ」

と、巾着から欠片を出して、分厚い弟の手に載せた。

二本の指でつまみ、目の高さにもち上げる。じっくりと確かめながら、ふうむと唸った。

「わしもやはり、この手のものには疎いからな。判じようがないのだが」

「そうか……五郎でも駄目かい」

「だが、目利きならおるぞ。ほれ、雲全寺《うんぜんじ》の宗林《そうりん》だ」

宗林には、亥之吉の菓子たる「竹の春」を再現する際に、たいそう世話になった。

「奴は道具のたぐいにも詳しゅうてな、目利きの見知りも多い。あやつに頼めば判じられようし、もっと手っ取り早く確かめる術《すべ》もあるぞ」

「そいつは、どんな？」

「いまの話によれば、どこぞの豪商が、『黙』の茶碗を手に入れたとの噂があるのだろう？」

たしかに事の発端は、燕舟の弟子たる山路が耳にしたその噂である。

「それなら、当の商人にきくのが早道だろうて。火のないところに煙は立たぬわ」

「できるのかい、五郎？」

「餅は餅屋というしな。これも宗林であれば、噂の出所を辿《たど》ることもできよう。こいつをしばらく、預からせてくれぬか」

治兵衛はうなずいて、欠片と巾着を弟に託した。

「ねえ、おじいちゃん。明日の菓子は、亥《い》の子《こ》餅《もち》にしてみない？」

弟が来た、翌日だった。昼餉《ひるげ》を終えて、雲平がいったん自分の長屋に帰ると、お君が言い出した。

「そういや、明日は上亥日《かみのいのひ》だったか」と、治兵衛も思い出した。

陰暦十月の亥の日には、亥の子餅を食べる慣わしがある。

平安の頃からあったしきたりで、源氏物語にも出てくる。源氏が紫《むらさき》の君《きみ》を娶《めと》る際、未だ前妻の葵《あおい》の上《うえ》の喪中《もちゅう》であったために、大げさな祝いは憚《はばか》られた。亥の子餅を、婚礼三日目を祝う三日夜餅《みかよのもち》として贈り、祝言《しゅうげん》としたのである。

猪《いのしし》は毎年十二匹、閏年《うるう》には十三匹の子を産むと伝えられる。子孫繁栄の象徴であり、万病を払うとされ、武士の場合には武運長久が祈られる。寒中に猪肉《ししにく》を食うと精がつくところからきているが、仏教が広まるにつれて肉を厭《いと》うて餅に変えたのだ。

禁中では、十月の亥の日には玄猪《げんちょ》の式が行われる。月の最初の亥の日を上亥日といい、二度目は中亥日、三度目を下亥日と称し、亥の日のたびに祝う風習があった。

徳川《とくがわ》将軍家でも踏襲されており、ただし十月朔日《ついたち》と日が決められていた。この日は上さまから直々に、家臣が亥の子餅を賜《たまわ》る。それが町家にも広まって、牡丹餅《ぼたもち》や赤飯を拵えて祝ったり、西国では子供らが、「亥の子、亥の子」と囃《はや》しながら家々をまわったりする。

大方の菓子屋と同様に、南星屋でもこの日には亥の子餅を売り出す。お永がもっともらしく、娘に説《と》いた。

「うちでは毎年、亥の子餅は十月朔日しか出していませんよ、お君」

「でも、亥の日のたびに出している菓子屋もあるし、それに今年は閏年でしょ？　一匹多く生まれる目出度《めでた》い年なのだから、明日の上亥日にも拵えましょうよ」

「よくわからねえ理屈だが……」

「もう、おじいちゃんもおっかさんも鈍いわね。亥之吉さんが戻りますようにって、願掛《がんか》けのために拵えたいのよ。縁起の良いお餅なのだから、作って悪いことはないでしょ」

「ああ、そういうことかい」

孫の意図にようやくたどり着き、思わずお永と微笑み合う。

「そうね、おめでたいお餅なら、何べんでも構わないわね」

「朔日に拵えたのは、ありきたりな亥の子餅だったが、同じものを出すのも芸がねえな。今晩の夕餉の折にでも、雲平と相談して工夫してみるか」

亥の子餅は国中に広まっているだけに、特に決まった様式や材はない。形だけは亥の子に似せて、やや先の尖った楕円《だえん》に拵えたものが多い。尖った方が猪の鼻面というわけだ。

南星屋では、皮の薄い大福餅を亥の子型にして、きな粉をまぶす。江戸でもっともよく見かける型で、また茶席でも、このような素朴な菓子が供される。

猪は火伏せの神であるために、上亥日には茶道の炉開きが催され、亥の子餅がふるまわれる。町屋でもこれに倣《なら》い、この日から炬燵《こたつ》や火鉢に火を入れた。

「どうせなら、もっと亥の子に似せてはどう？　他の菓子屋でも時々見かけるけれど、お餅に線を入れて、猪っぽくしてあるのよ」

その晩は、四人で夕餉をとりながら、さっそく亥の子餅の趣向にとりかかった。

「菓子帳を改めてみましたら、やはり猪《しし》に似せるために色々と工夫したものもありましたね」

鶯餅《うぐいすもち》のように薄い皮で、黒胡麻《くろごま》をたっぷりと入れた黒餡を包んで亥の子色にしてみたり、あるいは皮に白胡麻を練り込んで、毛の模様を模したりさまざまだと、お永が語る。

「京の菓子屋でききやしたが、昔の宮中では七つの粉を使ったと伝えられてまさ。栗や胡麻、柿なんかも入っていたそうです」

「柿をどうやって粉にするの？」

「あっしにも見当がつきやせんね」と、雲平はお君に向かって苦笑を返す。

「それと、上中下と餅を賜る亥日によって、上は菊、中は銀杏《いちょう》、下は紅葉《もみじ》の葉を添えるともききやした」

「あ、そうだ！」ぽん、とお君が手を叩いた。「銀杏や紅葉をお菓子で作って、添えるのはどう？　地味な亥の子餅がぐっと華やぐもの」

「添えるって、どこにだい？」

「そうね、下に敷いてもいいし、いっそ頭に載せちまったらどう？」

その絵面が浮かび、聞き手の三人が思わず笑い出す。

「餅菓子が地味な色合いなのだから、黄や赤の色に負けてしまいますよ」

お永にやんわりと諭されて、たしかにそうね、とお君も認める。

「いや、待てよ……餅の色を変えればいいんじゃねえか？」

「変えるって、どんな色に？」

「そりゃ、色が引き立つと言えば、ひとつしかねえよ」

治兵衛が種を明かすと、なるほど、と雲平は大きくうなずいた。

「それなら、こういう趣向はどうですかい？」

誘われるように雲平が思案を投げて、それはいい、と治兵衛は膝を打った。

翌日の亥の日、四人はさっそく菓子作りにとりかかった。

「お待たせいたしました。本日も南星屋をご贔屓《ひいき》いただいて、ありがとうございます」

開店と同時に、長い列をなした客のひとりから、いつもの声がかかる。

「お君ちゃん、今日の菓子は何だい？」

「はい、本日は上亥日にちなみまして、亥の子餅にございます」

お永が盆に載せた菓子を、客の前にさし出す。たちまちため息と歓声があがった。

銀杏と紅葉をそれぞれ片腹に浮かべた、真っ白な亥の子餅がふたつ並んでいた。

「ひゃあ、これが亥の子餅かい？　きれえなもんだな」

「白い獣は縁起が良いと言いますし、『白亥《はくい》』と名付けました」

お永が菓子の名を告げて、お君は餡について説く。

「銀杏は白餡、紅葉は青豆の餡を使っています。味の違いも、お楽しみください」

「じゃあ、おれは両方を三つ……いや、五《いつ》つずつもらおうかい」

「うちはどちらも、十ずつ包んでおくれ」

「ちょいと、前の者が欲を出しちゃ、後ろにまで回らないじゃないか。少しは遠慮しておくれな」

押すな押すなの大盛況で、お永が手早く餅菓子を包み、お君は勘定《かんじょう》を受けとる。最初に買った職人の男は、家まで待ちきれないのか店先で包みを開けて、ぱくりと頬張る。

「お、うめえ！　何て上品な餡だい。その辺の亥の子餅たあ、まるで違うぜ」

格好の呼び水になったらしく、さらに行列の長さが伸びたようだ。客の喧噪《けんそう》が、いっそうやかましい。

「あんな顔を見られりゃ、菓子屋冥利《みょうり》に尽きるってもんだ」

店の奥の暖簾《のれん》の陰から覗いていた治兵衛が、顎《あご》をなでる。

黄や赤がいっとう映《は》えるのは、白だ。治兵衛はそう判じた。白い餅の色を邪魔しないよう、餡もあえて薄い色をえらんだ。乾燥させた青豆の餡は、夏の生豆ほどの青さは出ず、黄味《きみ》餡に近い色合いだ。合わせてみると、紅葉色によく映えた。

練り切りでこしらえた小さな銀杏と紅葉は、餡の左側に載せて薄い餅でくるむ。鮮やかな葉の色が餅を通して浮かび、亥形に整えて背に白胡麻を落とすと、赤黄が目を引く白い亥の子餅ができ上がった。

まったくでさ、と隣で雲平が笑みを刻む。それから治兵衛に向き直った。

「今日の趣向は、亥之吉のためでござんしょう？　お心遣い、痛み入りやす」

「よせやい、他人行儀な。うちの名物が、ひとつ増えたんだ。それだけで釣りがくらあ」

照れ隠しもあって、伝法《でんぼう》な調子でこたえた。雲平がここに来た日にも、こうして暖簾の陰から店のようすを窺《うかが》っていたことがある。その頃よりも目許が和《やわ》らいでいるように見えて、何よりもそれが嬉しかった。

「きっと亥之吉さんは帰ってくるさ。五郎が手がかりを摑んでくれる」

単なる気休めではなく、亀之進が現れたことで、事が少しずつ動きはじめたように思える。石海が訪ねてきたのは、さらに五日ほどが過ぎた頃だった。

その日の晩は、ひときわ強い木枯《こが》らしが吹き荒れた。

障子戸がひっきりなしにガタガタと震え、話す声すら無粋にさえぎる。弟からきいた仔細は省いて、治兵衛は用件を伝えた。

「雲平、明後日なんだが、昼餉を終えたら、おれと一緒に出掛けられるかい？」

「へい、構いやせんが、どちらさんに？」

「番町《ばんちょう》の日野屋敷だ。五郎が、殿さまと会う手筈《てはず》を整えてくれた」

はっと目を見開いて、雲平は黙ってうなずいた。

きかれたら、こたえるつもりでいたが、寡黙な職人は何もたずねない。亥之吉に関わることだと、すぐに察しただろうが、日野家の当主に会うまでは推測の域を出ない。治兵衛もあえて何も語らなかったが、娘や孫は、それ以上に気になることがあるようだ。

「それより、おじいちゃん、羽織《はおり》や袴を仕度《したく》しないと」

「ああ、そうだったな。すまんが、お君、出しておいてくれるか」

「たまにしか着ないから、風に当てないと。ちゃんと火熨斗《ひのし》もかけておくわ」

前に日野家を訪ねたのは、亥之吉に会うためだった。仕事着のまま出掛けていったが、殿さまに目通りするとなれば、身なりにも気を遣わねばならない。

「雲平さんも、明日もっていらっしゃいな。一緒に手入れをしておくわ」

「いや、あっしは羽織や袴なぞもっておりやせんし……この格好じゃ、まずいですかね？」

渡り職人であっただけに、余計な物は一切もたず、着物も仕事着しかないという。

お永が急にそわそわしはじめて、いったん寝間に行き、風呂敷包みを抱えて戻ってきた。

「雲平さん、よろしければ、これを……」

遠慮がちに差し出したのは、真新しい冬物の着物だった。驚いた表情の雲平に向かい、お永が言い訳する。

「冬になりましたから、綿入れのひとつでもと思って……本当は衣替《ころもが》えに間に合うように拵えたかったのですが、暇がかかってしまって」

「こんな上物を、もったいねえ」

「いえ、職人の着物を整えるのも、店の役目ですから」

懸命に言い訳する母を横目に、お君がこそりと耳打ちする。

「本当はね、九月の衣替えに間に合うよう仕上げていたのよ。なのにおっかさんたら、渡すきっかけがつかめなくて。本当にやきもきしたわ」

「へええ、ちっとも知らなかった」

「片や草履《ぞうり》、片や着物では、雲平さんに軍配が上がるわね」

元亭主の修蔵《しゅうぞう》のために、母が草履を購《あがな》ったことを覚えていたのだろう。言いようは辛辣《しんらつ》でも、声には毒気がない。

「おとっつぁんも、可哀想に」と、小声でつけ加えた。

「よくこんな短いあいだに、目通りが叶うまで漕《こ》ぎつけたな」

番町を行きながら、治兵衛は弟に話しかけた。

石海もまた、いつもの色の褪《さ》めた着古しではなく、上等な墨色の衣に袈裟《けさ》を纏《まと》っている。大刹《たいさつ》の相典寺《しょうてんじ》にいた頃よりは、ずっと地味な代物ではあるものの、袈裟の紫色は緋色に次ぐ高い位を表す。

雲平は、お永の拵えた着物に袖を通し、羽織だけは近所の植木屋からの借り物で済ませた。同じ道を、初めて雲平と歩いたのは、かれこれ四月《よつき》ほど前になる。

あの頃は夏の盛りで、うねうねとした道に日が照りつけていた。兄弟の後ろを黙って歩く雲平も、同じことを思い返しているのだろうか。あの帰り道、雲平は亥之吉について語った。天涯孤独の身の上同士、血を分けた兄弟以上に、亥之吉は雲平の心の拠《よ》り所《どころ》になっているのだと察した。

「ところで兄上、この道で合《お》うているのだろうな？」

「ああ、大丈夫だ。この前、若さまに、菓子を届けに来たからな」

治兵衛は今日で三度目、亀之進を送っていった雲平は四度目になるだけに、迷うことなく日野屋敷に着いた。

雲平が門脇の潜戸《くぐりど》を叩いて、門番が顔を出す。用向きを告げるとその顔が引っ込み、若党らしき侍がていねいに応じた。今日は殿さまの客人として屋敷に招じ入れられる。

若党の後ろに従って、廊下を奥へと進む。屋敷の大きさは、治兵衛と石海の実家たる本郷《ほんごう》の岡本《おかもと》家と同等くらいか。しかし金のかかり具合は、比ではなかった。床の間つきの立派な玄関は畳敷きで、軸や屛風《びょうぶ》が飾られていた。廊下から見晴らせる庭は、大きな泉水に庭石や銘木が配され、茶人であった燕舟の好みの良さが窺える。ただ、手入れは行き届かぬようで、落葉の多さが目についた。

通された座敷もまた、梁《はり》といい欄間《らんま》といい手が込んでいる。しかし床の間に飾られた軸は秋の紅葉で、冬の季節にはそぐわない。

落葉が目立つ庭といい、どこかちぐはぐな印象があった。

やがて先ほどの若党が、殿が参られると告げにきた。三人が顔を伏せてかしこまる。

衣擦《きぬず》れの音が、頭の先を過ぎて上座についた。

「日野基知である。面《おもて》を上げよ」

顔を上げると、やや気難しそうな細面《ほそおもて》がこちらを見据えていた。

「蓮華院《れんげいん》の住職より伺うておる。そちが石海か」

「さようにございます」

いつもの不遜をそっくり置き忘れてきたように、石海が行儀よくこたえる。

四ツ谷《よや》にある蓮華院は、日野家の菩提寺《ぼだいじ》である。石海もかつては同じ四ツ谷の相典寺にいただけに、住職とはもとよりつき合いがある。日野家の内情をそれとなくたずね、今回は当主への顔繋ぎを乞うたのである。

「して、連れの者たちは？」

「私の兄と、その雇人にございます。共に菓子職人をしておりまして、やはり燕舟翁とはご縁がございました」

生前に縁があったとは一言も言っていないから、嘘ではない。いかにもこの弟らしい方便だった。日野基知は武士にしては線が細く、しごく生真面目そうだ。大番組頭という警護役よりも、筆や算盤の方がよほど似合いに見えた。居丈高なようすもなく、町人のふたりに対しても、尊大な態度はとらなかった。

「何やら、父の燕舟より預りし品があるとか。持参いただき、大儀であった」

「はい、本日は、こちらをお返しに上がりました」

石海は、上等な袱紗《ふくさ》に包んだものを、おもむろに当主の前にさし出した。根付《ねつけ》ほどの、ごく小さな包みである。開いたとたん、ぴりりと両の眉を上げて、基知が息を呑む。

「これは……」

「はい、燕舟翁が大切になさっていた、『黙』の欠片にございます」

破片にじっと目を凝らす。その顔には驚愕と恐れ、そして憔悴《しょうすい》までもが次々とよぎる。その表情こそが、何よりも雄弁に事の真実を物語っていた。

「やはり、『黙』を手放したのは、殿さまのご差配でしたか」

石海に断じられ、観念したように大きく息を吐いた。

「それよりほかに、手立てがなかった」

畳に落とされた視線は、憂いだけが澱《よど》み、ひどく疲れていた。しばしのあいだ、沈黙が落ちる。意外にも、破ったのは雲平だった。

「お殿さま、亥之吉を覚えておいでですか？」

ふっと夢から覚めたように、基知が雲平に首を向ける。

「むろんだ。だが、どうしてその名を？」

「この雲平は、同じ菓子屋で世話になった修業仲間でして、実の弟のように可愛がっておりました」

後を治兵衛が引きとって、亥之吉からの便りが途絶えたことに、端を発した経緯を明かす。

「さようであったか……」

少し長い話になったが、基知は辛抱強く耳を傾けてくれた。

「亥之吉には、ひどく責められてな……あれがいちばん応《こた》えたわ」

「責めるとは、茶碗のことでしょうか？」

「これと同じような欠片を手にして、詰め寄られてな。あれは菓子の工夫のために、『黙』をじっくりと拝んでおった故、違いに気づいたようだ」

「亥之吉は、それに怒って屋敷を出たのでしょうか？」

「最初はな、わしもそう思うておった」

問うた雲平に向かって、基知がこたえる。

「だが、月日が経つうちに、別の考えも浮かんだ。黙って屋敷を去ったのは、亥之吉なりの思いやりかもしれぬとな」

「思いやり、とは？」

「我が父、燕舟への、最後の奉公のつもりであったのではないかと、そうも思えてきてな」

「ご当主さま、初手《しょて》からおきかせ願えませぬか。むろん、他言は一切いたしませせぬ。

亥之吉の唯一の身内たるこの雲平は、仔細を知るに能《あた》う者と存じまする」

僧侶の強い眼力《がんりき》には、有無を言わせぬ光があった。が、それだけではなかったのかもしれない。一瞬、似ていないはずの亀之進の面影が、基知に重なった。

武家は恥を何より厭《いと》う。外聞の悪さ故に、これまで己ひとりの胸に秘めてきたのだろうが、十月以上も過ぎれば誰もが耐えがたくなる。息子と同じ屈託と後悔が、この父親からも滲《にじ》み出ていた。

「ちょうど一年前になるか、亡き母の三回忌が控えておってな」

去年の十月の末のことだと、基知は語りはじめた。


茶人としての燕舟の実入りは、基知の役料を軽く超えていた。

にもかかわらず、日野家の台所は火の車だった。入る金がどんなに多くとも、出る金が上回れば借金が嵩《かさ》んでいくのもあたりまえだ。

趣味人であった燕舟は、身なりにも気を遣う。衣装代だけで相応の額に上り、また数多《あまた》の弟子への心配りも要る。内弟子も十人ほどおり、衣食の面倒も抱えねばならない。

それでもこの手の出費なら前もって目処《めど》が立ち、算盤に長《た》けた基知なら勘定を弾《はじ》くこともできる。もっとも厄介だったのは、やはり燕舟の道具道楽である。

「物には押しなべて値がついている。父上にはそこのところが、すっぽりと抜けておってな。欲しいと思ったら我慢ができぬ、そういう人だった」

茶道具はもちろん、軸物や屏風といった書画、骨董《こっとう》の壺や塗物を、ある日いきなりもち帰る。後日、骨董商から支払いを求められ、泡を食うのは基知だった。

値札とは、物の価値を計るためにつけられる。並の人間には、他に物差しがないからだ。けれども目利きであった燕舟は、品そのものに価値を見出す。誰かがつけた値札なぞ、二の次どころか端《はな》から見てはいない。

父の悪癖にふりまわされ、やりくりに四苦八苦しながらも、基知はどこかで父親を羨《うらや》んでいたのかもしれない。語り口の端々から、ふと、そんな気配がもれてくる。物そのものの値が計れぬだけに、値札や金高ばかりに拘泥《こうでい》せざるを得ない。そんな自分に歯がゆさを覚えていたのではなかろうか。

父親とのあいだに絶えず感じていた溝に、さらに大きな亀裂が入ったのは、母の三回忌の半月前のことだった。

「では、母君の法要のための蓄えを、燕舟翁が散財してしまったと？」

あまりの話に、石海があんぐりと口を開ける。

「どこやらの武家が金に詰まってな、名物の茶釜をもち込んだ。父はすぐさまとびついて、法要のために仕度してあった蓄えを、すべてさし出してしもうた」

基知が城に出仕しているあいだの出来事で、勘定を預かる家来も止めようがなかったという。

日頃から基知は、父の金遣いの荒さに苦言を呈してはいたが、このときばかりは激《げき》昂《こう》した。すぐに品を返し、金子《きんす》をとり戻すよう詰め寄ったが、燕舟は承知しない。

『母上の菩提《ぼだい》を弔うよりも、そんな茶釜が大事だというのですか！』

『紛《まご》うかたなき名物ぞ、手放せるものか！　物の値のわからぬ者が、口出しするな』

『この家には、余分な金なぞ一両もないのですよ。母上の法要は、どうなさるおつもりか？』

『またどこぞから、借りてくるしかあるまい』

『すでに方々から借金を重ねて、首も回らぬ有様なのですぞ。借りる当てなぞ、どこにもありません！』

親子の激しい諍いが、きこえてくるようだ。基知はあくまで淡々と、経緯をかいつまんで語ったが、膝にある両の拳はきつく握られていた。

「かくなる上は、他の道具から目ぼしい品を売って、金に換えるよりほかになかろうと父に迫ったが……やはりきき入れてはもらえなんだ」

「それで、『黙』を……」

「あれより他には、わしには値がわからぬからな……とはいえ、父がどの品よりも大事にしていることも承知していた」

決して腹いせや意趣返しのつもりはなく、あの茶碗より他に、法事の金を工面《くめん》できそうな品が判別できなかったと基知は告げた。

「さすがに売り払うつもりはなく、いっとき質に入れ、金を用立ててしだい引きとりにいく心積もりであった」

屋敷に出入りしていた質屋に頼み、似た茶碗を求めさせ、こっそりと中身だけ入れ替えた。道具のたぐいには、箱もまた値に含まれる。その分を差っ引かれたこともあり、質草としては二百両には遠く及ばぬものの、どうにか法事を賄《まかな》えるだけの金高に届いた。

「どうやらその質屋は、抜け目なく茶碗の売り先も物色しておったようです。真っ先に手を上げた商人が、いかにも我が物のように吹聴しておりました」

山路家の茶会に届いた噂の件は、石海が申し述べた。

「さような話が外で交わされていたとは知らなんだ……後ろ暗いことには、どこかでほころびが生じるものなのだな。挙句の果てに、あのようなことに……」

法事を済ませてひと月ばかりは金繰《かねぐ》りに事欠いたが、師走《しわす》の初めにようやく目処が立った。明日にでも質屋から引きとる算段をしていた矢先に、あのような形で燕舟に露見してしまった。

「『黙』が失われた、との燕舟さまの仰《おつしや》りようは、やはり茶碗の真贋《しんがん》を見抜いてのお言葉でしたか……」

治兵衛が、長いため息を落とす。

「わしも、亥之吉からきかされた。最後まで茶碗にこだわるとは、父らしいとも思えたが……父を殺《あや》めたのは、紛れもないこのわしだ」

「お殿さま、それは……」

「亥之吉にも質《ただ》されたが、ひと言も返せなんだ」

基知の後悔は、茶碗をすり替えたことではない。長の年月を経ても埋めようがなかった、父との確執を最後まで埋められなかったことにある。

やはり父親との不和を抱える、お君の顔が浮かび、切なさがこみ上げた。

「ひとつ、伺いたきことがございます。茶碗を割ったのは燕舟翁だと、亥之吉はそのように？」

情に囚《とら》われていた治兵衛に代わり、石海が問うた。いかにも、と基知がうなずく。

「では、亀之進さまのことは？」

「亀之進だと？　何故《なにゆえ》、息子が……あの子は一切、与《あずか》り知らぬはずだ」

「あいにくと若君さまは、此度《こたび》の一件に深く関わっておいでです」

石海がすべてを語ると、当主に大きな動揺が走った。

「それでは亀之進は、祖父の命を縮めたのは己だと、その罪に苛《さいな》まれていたというのか」

「さようです。亥之吉が去ったことも、やはり己の不手際が招いたと」

「ようすがおかしいとは察してはおったが、祖父を亡くしたことによる気落ちかと……」

基知の口許が、にわかに震える。親の罪を、図らずも息子に背負わせてしまった。深い悔いの念が、座敷に満ちるようだ。

「若さまは菓子断ちまでしなすって、ご自身を戒めておいでです。亀之進さまに、本当のところを明かしてやっていただけませんか？」

「相わかった。そのようにいたそう」

治兵衛に向かい、即座に請け合う。その率直さに、深い安堵がわいた。

亀之進の心が救われるだけではない。息子に語ることで基知の罪もまた、いく分は軽くなるはずだ。祖父にも父にも似ていないと、亀之進は言った。口には出さずとも、同じ拘泥を父もまた抱えていると、どこかで察することができれば、親子の距離も縮まろう。

「殿さま、亥之吉のことを伺ってもよろしいですかい？」

それまで黙していた雲平が、口を開いた。基知はうなずいて、まずこたえる。

「いま、どこにおるのか。居所については、わしにも見当がつかぬが」

「さきほど、亥之吉が黙って屋敷を去ったのは、思いやりかもしれないと仰いましたね？　あれはどのような？」

「あれの胸の裡《うち》を、勝手に推し量ったに過ぎぬのだが……」

茶碗のすり替えを指摘されて、金策で致し方なくと告げざるを得なかった。日頃から燕舟の豪奢《ごうしゃ》な暮らしぶりを目の当たりにしていただけに、亥之吉にとっては思いがけない理由であったようだ。

たとえ燕舟の道具を一切合切売り払ったとしても、抱えた借金の額にはまったく届かない。武家にはめずらしい話ではないものの、燕舟の使いぶりが度を越していたがために、六百石の家禄にしては桁違いの借財が、日野家にはのしかかっていた。

五年の年季が明ければ、店を一軒もたせると燕舟は約束した。しかしそれすらも絵に描いた餅に過ぎず、果たされるかどうか甚《はなは》だ危ういと基知は正直に打ち明けた。

雲平と一緒に店をやりたいと、亥之吉はくり返し便りに書いていた。先々の楽しい夢として、頭の中に描いていた菓子店は、音を立てて崩れていったに相違ない。

若党が基知を呼びにきたのは、そのときだった。医者の見立てでは、今夜が峠だと当主に告げる。

「去り際に、つい言うてしまったのだ。父が亡くなれば、道具のたぐいを売り払うことができる。店一軒は難しくとも、おまえにも相応の礼はできるかもしれぬ、とな」

虚を衝かれたように、亥之吉はしばし呆然《ぼうぜん》と基知を仰いでいた。

「あのときの亥之吉の顔は、いまでもよう覚えている……思えば、ひどい言葉を吐いた」

それが基知にとっては、最後に見た亥之吉の姿だった。その後は妻とともに枕元に張りつき、目を覚まさぬまま眠るように逝《い》った燕舟を看取った。

「父の最期が知らされるまでは、亥之吉はたしかに屋敷にいたと、使用人たちは申しておる」

朝を迎えると、燕舟の葬儀に向けて屋敷の内はにわかに慌ただしくなり、気がつくと、亥之吉の姿が消えていた。使用人たちにたずねてみると、亥之吉が最後に立ち寄ったのは、熱を出して寝込んでいた嫡男の座敷だった。

亥之吉は、おつきの女中に断りを入れて、苦しそうな子供のようすを少しのあいだ見守っていた。そしてひと言だけ呟いて、座敷を出ていった。

『おじいさまとの思い出を、大切になすってください』

女中はそのように基知に伝えた。その先は、亥之吉の姿を見た者は、誰もいない。

治兵衛の斜め後ろに控えていた雲平から、浅いため息が返った。

燕舟の葬儀を終えた後、正式に暇乞《いとまご》いをすれば、日野家は相応の褒美金《ほうびきん》を渡さねばならない。しかしそれは、誰よりも慕っていた燕舟が、生涯をかけて蒐集《しゅうしゅう》した大切な道具の数々を散逸させてこそ得られる金である。

そんな褒美なら受けとれない――。亥之吉の声が、きこえるようだ。

「思いやりというより、あいつの意地だったのかもしれやせん」

「雲平……」

「職人には職人の、心意気がありやすから」

「つまりは、矜持《きょうじ》というわけか」

石海もまた、ごつい坊主頭をうなずかせた。

「しばし、待たれよ」

基知がいったん中座した。ほどなく戻ってくると、藍《あい》の包みを石海の前にすべらせた。

「これを預ける故、亥之吉に渡してくれぬか」

「暇金《いとまきん》、でございますか？」

包みの形から、小判だとすぐにわかる。厚みからすると、五十両といったところか。

「店の支度金には足りぬだろうが、餞別《せんべつ》くらいにはなろう。父の燕舟に、よう尽くしてくれた。わしからのせめてもの礼と……そして詫びだ」

「いや、受けとるわけにはいきやせん。それじゃあ、亥之吉の志を無下《むげ》にすることになりやすから」

「案ずるな。父の道具は、いまも屋敷に留めてある。父の弟子たちに止められてな。売るよりも貸す方が利になると諭《さと》されたのだ。『黙』もすでに質屋から引きとった」

一度に売り払おうとすれば、足許を見られて買いたたかれるのが落ちだ。それよりも、燕舟の弟子や茶人らに貸す方が、長い目で見れば儲けになる。燕舟の墨付きの道具なら、茶会に出せばそれだけで格が上がる。いわゆる貸し道具屋たる、損料屋《そんりようや》のようなものだ。

　武家が損料屋の真似事とは、厭《いと》う者もいるだろうが、勘定に秀でた基知は合理を重んじた。しかし、それだけではなかった。

「道具を手にとると、亥之吉の顔がちらついてな。わしにとってはただの道具だが、父の燕舟は紛うことなく精魂を傾けた。無下に手放してはならぬと、戒められているようにも思えてな」

　そういう経緯であればと、雲平がありがたく頂戴し、ひとまず石海のいる是現寺で預かってもらうことにした。

「亥之吉の居所がわかれば、伝えてくれ。江戸に戻った折には、必ず屋敷を訪ねるようにとな。わしも、それに亀之進も、待っておるからな」

「はい、必ず」

　雲平がしっかりと請け合って、三人は日野家を辞した。

　来た道を戻り、外堀が見えてきた辺りで石海が言った。

「亥之吉が兄弟子に何も告げなかったのも、やっぱり意地だったのかもしれぬぞ」

「どういうことだい、五郎？」

「弟には弟の意地があるからな。弱ったときにこそ、兄に頼ってなるものかと、やせ我慢をするものだ」

「そうかも、しれやせん。あっしからすれば、いつまでも弟ですが、考えてみれば亥之吉もいい歳ですから」

「雲平、もういっぺん京の菓子屋に向けて、亥之吉さんへの文を送ってはどうだい？　殿さまや若さまが待っていると書いてやったら、きっと江戸に帰ってくるに違いねえよ」

「そうですね、そうしやす」

雲平は素直にうなずいて、久方ぶりの笑顔を見せた。

「いや、もしかすると、その要もないかもしれぬぞ。わしの見込みが当たれば、師走には亥之吉が顔を見せるやもしれん」

「そいつは、五郎、どうしてだい？」

石海が、にやりと笑う。ああ、と治兵衛が気がつき、雲平も察したようだ。

是現寺の住職の予言は、見事に当たった。

霜月の晦日《みそか》、この日はお君の案で、ふたたび『白亥』を拵えることにした。

「もういっぺん、あの亥の子餅が食べたいと、お客さんにせっつかれて。それもひとりやふたりじゃないのよ。一年先では待つにも長過ぎるし、もう一度くらい出しましょうよ」

お永も同じ求めを受けるというから、決して大げさな話ではなさそうだ。

霜月晦日がちょうど亥の日であったことから、治兵衛もそれならと乗り気になった。

冬も深まって、銀杏と紅葉ではそぐわない。山茶花《さざんか》と南天《なんてん》に替えて、白餡と青豆の餡に添え、餅でくるんだ。

四人総出で仕上げにかかっていたとき、店の板戸が叩かれた。

「お客さん？　にしては、ちょっと早いわね」

よほど慌てているのか、ドンドンと容赦のない叩きようで、合間に高い声がする。

「ご免、ご免！　日野亀之進だ、開けてくれぬか！」

声の主に気がついて、治兵衛と雲平は思わず顔を見合わせた。いつにない素早さで雲平が仕事場を出て、治兵衛も続いた。雲平が店の潜戸を開けると、亀之進が顔を覗かせる。何を言うより前に、その表情からすぐに察した。

「亥之吉が、帰ってきたんだ！」

「本当ですかい？」と、雲平が気色ばむ。

「明後日がおじいさまの一周忌だから、間に合うように江戸に戻ったと」

「それじゃあ亥之吉は、いま、日野さまのお屋敷に？」

「いいや、一緒に連れてきた」

え、と驚いて、雲平が外にとび出す。治兵衛も急いで潜戸を抜けた。

雲平のひとつ下だときいていたが、四つ五つ下に見える。

ひと重の目が柔和《にゆうわ》に垂れていて、笑うと人好きのしそうな男だが、その顔がいまは情けなくひしゃげている。

「兄貴、すまねえ……心配かけちまって、すまなかった……」

「馬鹿野郎……」

ひと言だけ、呟いた。その先が、続かないようだ。

「よかったな、雲平……本当によかった」

へい、と治兵衛をふり向いた職人の目の際《きわ》で、光るものが冬の陽にはじけた。

「それじゃあ、この一年は、小田原《おだわら》にいたのかい？」

初めて会ったのに、どこかで見知っていたように思えるのは、雲平からちょくちょく、人となりをきいていたためだろう。

「へい、そこで路銀《ろぎん》が尽きちまいやして。それでも運よく、ご城下の茶店で雇ってもらえて。おやっさんがひとりで切り盛りしている、小さな店でやすが」

東海道からは外れているが、海が望める風光明媚な場所にあり、なかなかに繁盛していた。亥之吉はその店で、団子や安倍川《あべかわ》を作っていたという。

「店を持つからと、大口を叩いておいてこのざまじゃ、あまりに情けねえし……それに、ご隠居さまのことも応えたが、殿さまにあんな無礼をはたらいた挙句、後先考えずお屋敷をとび出しちまった。手前《てめえ》の浅はかに気が咎《とが》めて……」

そのときばかりは、しょんぼりとうなだれた。

「あんなに世話になったのに、ご葬儀にも出ぬまま黙っていなくなったりして……いい歳をして何をしているのかと、手前が嫌になった。しばらくは気落ちして、つい塞《ふさ》いじまってたな」

亀之進がいるだけに、その場では明かさなかったが、やはり屋敷を去ったのは亥之吉の意地だった。手許不如意《てもとふにょい》の日野家から、あり金を剝《は》ぐような真似はできず、そのために燕舟の道具を売らねばならないとあればなおさらだ。

職人の意地は往々にして、周囲とはぶつかるものだ。あちこちにこつんこつんと頭をぶつけて、当人も痛い思いをする。それでも雲平にも告げず、ひとりで堪《こら》えていたのは、基知が言ったように亥之吉なりの思いやりかもしれないと、治兵衛には思えた。

「それならそうと、便りを寄越せばいいものを。一年も音沙汰なしとは、どういう了見だ」

「いや、半年ほどで、京の菓子屋に向けて文を送ったんだぜ。ちょうど兄貴と入れ違いになっちまって」

雲平ににらまれて、亥之吉が慌てて言い訳する。

「そこんところは、運がなかったな」と、治兵衛が苦笑する。「そういえば雲平も、小田原で護摩《ごま》の灰にやられたんだろ？　それっぱかりは、縁があるじゃねえか」

はからずもふたりは、小田原ですれ違ったことになる。

「兄貴がちょいと、せっかちなんだ。もうちっと待っててくれりゃ、もっと早くに……」

「なんだと」

雲平が拳をもち上げて、打つ真似をする。風情の渋い雲平と並ばせると、見事に対を成すが、やはり兄弟だ。ざっかけないやりとりを、治兵衛と亀之進が脇でながめる。

「亥之吉は、兄の前では形無《かたな》しだな。屋敷にいたころは、もっと神妙な顔ですましていた」

「雲平も同じでさ。むっつりと愛想《あいそ》のねえ男ですが、こんな可愛げがあったとはびっくりでさ」

ひそひそと、そんな会話を交わす。子供の顔がすっかり明るくなっていることに、治兵衛は何よりも安堵した。おそらく父の基知からは真相をきかされ、亥之吉の無事も確かめることができた。潰されそうになっていた重石がどけられて、はちきれんばかりに元気になっている。

「いらっしゃいまし、毎度ご贔屓に。……はい、山茶花と南天を五つずつですね」

歯切れのいいお君の声が、時折廊下を伝って響いてきた。店の開店時間を迎えたために、お永とお君は店に立っている。

「そういや、若さま、こうして亥之吉さんが戻られたんだ。菓子断ちは終いでございやしょ？」

「そうだった！　今日からはたんと食って、我慢していた分をとり戻さねば」

「口開けに、うちの菓子をつまんでいきやせんか？　ちょうど亥之吉さんにちなんだ菓子を、拵えやしてね」

いかにも嬉しそうに子供がうなずく。茶を淹《い》れて、雲平が菓子をとりにいった。盆に載せた菓子が届くなり、うわあ、と子供が声をあげた。

「これは、亥の子餅か？　白い亥の子餅なぞ初めてだ」

亀之進の声に引かれ、亥之吉も覗き込む。

「たしかに、めずらしい……。あっしも初めてお目にかかりやす」

「こちらの親方が、おめえのために拵えてくださったんだ」

「え、あっしのためにですかい？　そいつは何ともかっちけねえ……」

「いやいや、若さまの菓子断ちの方が、よほど効き目があったろうが。まあ、菓子屋じゃ断つわけにもいかねえからな」

山茶花を亀之進が、南天を亥之吉が手にとり、同時にぱっくりと頬張る。

ふたりの目がまあるくなって、顔を見合わせてうなずいた。

「これは旨い！　白餡が何とも上品な味でやすね」

「こっちの黄味《きみ》がかった餡も旨いぞ。これは何の餡だ？」

「青豆でさ。ささ、遠慮せず、好きなだけ召し上がっておくんなせえ」

「それじゃあ、もうひとつ……」

「亥之吉は、少しは遠慮しろ。おまえのせいで、一年も菓子を食えなかったのだぞ」

治兵衛が掲げた盆に伸びた手を、亀之進がふざけてさえぎる。拍子に白い亥の子が、ころりと子供の膝にころがった。亥之吉の手が届くより早く、亀之進は己の口に放り込み、ふんぞり返る。

「ほうは、はいっはは」

「へいへい、参りやした。降参でござんすよ」

治兵衛が思わず吹き出して、座敷が笑いに包まれる。

笑いながらも、一抹の寂しさがこみ上げた。

雲平との別れの時が、はっきりと感じられたためだった。


師走二日、燕舟の一周忌には、治兵衛や石海も足を運んだ。

「わしの言うたとおりであったろうが。燕舟翁を慕っていた亥之吉なら、きっと一周忌は外さぬと踏んだのだ。葬式に出ておらぬなら、なおさらだ」

石海は偉そうに講釈し、預かっていた金子を、改めて基知の前で亥之吉に渡した。

「あの金子の嵩では、江戸で店を開くにはまるで足りぬが、田舎《いなか》の小店なら購えるやもしれんぞ」

懸案が片付いたのだから、とっとと追い出せと、石海は言わんばかりだ。

亥之吉はここ数日、雲平の長屋に腰を落ち着けている。たぶん今頃は、五十両を前にして、ふたりで先行きを相談しているはずだった。

治兵衛は己のこと以上に、お永が気掛かりだった。お君もやはり同じようで、ちらちらと母のようすを盗み見ている。

やがて石海が機嫌よく帰っていくと、開口いちばんお君は母に宣した。

「おっかさんが行きたかったら、行ってもいいのよ！　あたし、止めやしないわ」

「いきなり何なの、お君？　行くってどこへ？」

「おっかさんは雲平さんに、ついていきたいのでしょ？　そのくらい、あたしにだってわかるわ。だってあたしも、同じことを思ったもの」

お永は口をつぐみ、まじまじと娘を凝視した。

お君は遠い平戸《ひらど》へと、嫁《とつ》ぐつもりでいた。そしてお永は、それを止めなかった。今度は母を嫁入りさせてやろうとの、お君なりの心遣いだろう。

「おじいちゃんのことなら、あたしがいるわ。南星屋はあたしが継ぐし、どうしても手が足りなくなったら、婿養子を迎えるわ」

「お君……」

「それと……仕方ないから、おとっつぁんの面倒も見てあげる。おっかさんがいなくなったら、さぞかしがっくりくるだろうし。可哀想だから、たまにはようすを見にいってあげるわ。だから……」

お君の必死さに、治兵衛も少なからず胸を打たれた。

しばし唖然《あぜん》としていたお永が、ふっと目許を和らげた。

「馬鹿ね、お君。あたしの家は、ここだけですよ」

「お永……」

「何です、お父さんまで。あたしがここを出ていくなんて、本気で考えていたんですか？」

あえて捌《さば》けた調子で返すのは、娘の指摘がまんざら外れていなかったためだろう。

それでも声には、意外なほどに張りがあった。

「前に言いましたよね、雲平さんとは、旅の話を色々したと。たしかに一緒にいると、旅への思いが募ったけれど、あくまで憧れの域ですよ。雲平さんへの気持ちも、まったく同じ。お君が考えているような、色っぽいところは少しもありませんよ」

「でも、おっかさん……」

お君は不服そうに、唇を尖らせる。

「何よりもね、お君。あたしはいまが、とても幸せなの。雲平さんが来て、旅を思い描いたために、かえってはっきりとわかりました。旅に出るよりも、お父さんとお君と一緒に、この南星屋にいたい。それがあたしの本心です」

　虚勢もいく分は交じっているのだろうが、お永の表情は晴れやかだった。

　お永が、こんなにはっきりと気持ちを告げたのは、いつ以来だろう。

　柄《がら》にもなく目頭が熱くなり、思わず下を向いた。

「おじいちゃんたら、歳のせいか涙もろいんだから……あたしにまで、移っちまったじゃない」

　言った傍《そば》から、お君がぽろぽろと涙をこぼす。

「何ですか、ふたりとも、子供みたいに」

「だって、だって……本当はおっかさんと、離れたくなぞなかったんだもの」

　お君が母にしがみつき、盛大に泣き出した。お永はその背中を、やさしくなでる。

「おれもやっぱり、お永は手放したくねえさ」

　口の中で呟いて、治兵衛はぐしっと洟《はな》をすすった。

　その日の晩、治兵衛は寝床で覚悟を決めた。

　せいぜい見栄を張って、親方らしく雲平を送り出してやろう――。

　お永の気概が、決心を固めさせた。

「親方、少しよろしいですかい？」

南星屋が開店し、後片付けを終えた雲平が、座敷に顔を覗かせた。

来たか——。内心の動揺を押し隠しながら、構わねえよ、と居間に招じ入れた。

ここ数日、床の中で何度もひねった台詞《せりふ》まわしをくり返す。

渡り職人を続けるのもいいが、せっかく殿さまから大枚《たいまい》をいただいたんだ。亥之吉さんと、旅に出るのも乙《おつ》だろう。ふたりの門出《かどで》だ、快く見送らせてもらうよ。おれの手もこのとおり、すっかり元通りになったからな。案ずるにはおよばねえよ——。

明るい口調で、雲平の背中を押してやるつもりが、いざとなると出てこない。汗などかかない時期なのに、両の手を何度も着物の膝にこすりつけた。

ふと気づくと、正面にいる雲平は、心なしか顔が強張《こわば》っている。

何事にも動じないこの男が、緊張しているのか——。

ふっと笑みがわき、するりと言葉が口をついた。

「雲平、身のふり方を、決めたんだな？　きかしてくんな」

へい、とうなずき、畳に手を突いた。

「親方に、折り入ってお願いがありまして……」

治兵衛は覚悟をきめて、次の言葉を待った。

「あっしをこのまま、南星屋に置いていただけやせんか？」

え、と驚いたきり固まった。見当とは逆の申し出に、頭がついていかない。治兵衛の前で頭を下げる姿を、穴があきそうなほど見詰めた。身を起こした雲平は、ひとわ神妙な表情だった。

「虫のいい話だということは、わかっていやす。南星屋は、親方が立派に切り盛りしてきた店だ。親方の手が治ったいまとなっては、かえって厄介をかけるだけだと承知しておりやす」

「雲平、おめえ……」

「それでも、親方と拵える菓子は、おれにとっては別物で……諸国の菓子を拝めるばかりでなく、皆であれこれ工夫して、それを形にしていくことに胸が躍《おど》るんでさ。修業でも渡りでも見出せなかった面白さが、ここにはあって……」

そうか——。雲平も、同じ気持ちでいてくれたのか——。

胸がいっぱいになって、声にならなかった。

「三月でも半年でも構いやせんから、もうしばらくご厄介になりてえと……」

「厄介なわけがあるか。おれも、おめえと菓子を拵えるのは、楽しくってならねえ」

「親方……」

「おれの方こそ、おまえさんの枷《かせ》になりやしまいかと、案じていた」

「枷だなんて、とんでもねえ。親方の腕も見聞も、あっしにとっちゃ宝でさ」

「宝は褒めすぎだが……雲平、三月と言わず、好きなだけいてくれや。お永やお君も、おまえさんを頼りにしている。留まってくれるなら、小判なぞよりよほど値がある」

「ありがとうございます……精進しますので、よろしくお願いいたしやす」

改めて、深々と辞儀をした。こちらこそよろしくと、治兵衛も返す。

「だが、亥之吉さんは、いいのかい？」

「あいつもやっぱり、もうしばらく小田原の茶店に留まりたいそうで。親父さんと、よほど馬が合ったんでしょう。本当の父親みたいに慕っていやす」

雲平も亥之吉も、身内の縁が薄い。ひとまずの落ち着き場所として、南星屋に留まってくれるなら、なお嬉しい。

人の縁とは、不思議なものだ。思ってもみなかった方角から、吹き寄せる雲のように訪れたこの男が、いまは息子同然の大事な家族に思える。

「らしくもなく、長々と語ったせいか、妙な汗をかいちまいやした」

雲平が、照れくさそうに額の汗を拭《ぬぐ》う。

「おれもだ。すっかり喉が渇いちまったな。一緒に茶でもどうだい？」

「それなら、あっしが淹れてきまさ」

身軽に腰を上げ、台所に急須をとりにいく。その背中に、呟いた。

「お永とお君が、どんなに喜ぶか……お永なぞ、卒倒しちまうかもしれねえな」

「親方、何か仰いやしたか？」

ふり返った雲平に、何でもねえよと笑う。雲平が出ていくと、表の声がよく耳に届く。

「はい、墨形ふたつと、あん焼きが三つにございますね。締めて三十八文になります」

「いつもご贔屓に、ありがとうございました」

お君の張りのある声に、お永の優しい声が重なる。

娘と孫の声をきいていると、胸に熱いものがわいてきて、ほろりとこぼれた。

お永がいて、お君がいて、そして雲平がいてくれることが、ただ無性に嬉しかった。

雲平が戻ってきたのか、廊下の向こうが少し重そうにきしむ。

治兵衛は慌てて、腕で涙を拭った。

解説

細谷正充（文芸評論家）

スイカに塩を振ると、甘味が引き立つといわれている。理由は、人の舌や口蓋《こうがい》によって感じる味のためだ。甘味・酸味・塩味・苦味・うま味の五種類があるという。この味の組み合わせによって人は、美味《うま》いと思ったり、不味《まず》いと思ったりするのだ。さらに二種類の味を感じると、一方の味が引き立つ、対比効果があるとのこと。だからスイカと塩の場合は、より強いスイカの甘味が引き立ち、美味《おい》しく感じるのである。ただし塩を振りすぎると、塩味が強まり、味のバランスが崩れてしまう。本書で塩味《しおみ》饅頭を作ろうとしたとき、治兵衛が岡山で出会った饅頭について、「餡に加える塩の加減が絶妙で、甘さを引き立てて後味がさらりとしていた」と思う場面があるように、加減が肝心なのだ。

そしてそれは、西條奈加の諸作品についてもいえることである。心の味わいとでもいえばいいのか。優しい味・苦い味・嬉《うれ》しい味・怒りの味・爽やかな味……。さまざまな物語の味を組み合わせ、極上の味わいを生み出しているのだ。

といっても作品によって、味の組み合わせや分量は違っている。第十七回日本ファンタジーノベル大賞を受賞した、デビュー作『金春屋ゴメス』、第十八回中山義秀文学賞を受賞した『涅槃《ねはん》の雪』、第三十六回吉川英治文学新人賞を受賞した『まるまるの毬《いが》』、第百六十四回直木賞を受賞した『心淋《うらさび》し川《がわ》』。文学賞を受賞した作品に絞ってみても、味の組み合わせや比重は多種多様。優しさの中に苦さを混ぜることもあれば、厳しさの中に温かさを忍ばせることもある。物語によって味の組み合わせと比重を変えるセンスのよさから、作者の卓抜した才能が窺《うかが》えるのだ。

では本書はどうか。『亥子《いのこ》ころころ』は、『まるまるの毬』に続く、時代小説のシリーズ第二弾だ。「小説現代」二〇一六年一月号から一八年八月号にかけて、断続的に掲載。単行本は、二〇一九年六月に講談社より刊行された。シリーズ物ということもあってか、優しく気持ちのいい味わいがベースになっている。しかし、随所で生きることの苦味をアクセントにしており、ストーリーを奥深いものにしているのだ。

本書の内容に触れる前に、まずシリーズのアウトラインを記しておこう。物語の舞台は、江戸の麴町六丁目の裏通りにある、ちょっと変わった菓子屋「南星屋《なんぼしや》」。というのもこの店、定番商品がない。一日に商う菓子も二、三品に限られ、その品書きも毎日のように変わる。主人が季節ごとに十ほどの菓子を見繕い、仕入れの具合や天気、あるいは主人の気分次第で、その日に出す菓子を決めているのだ。それで商売が成り立つのかと思うが、出てくるのは江戸では滅多に食べられない珍しい菓子ばかり。もちろんどれも、とびきり美味しい。かくして行列ができる人気店になっているのである。

その「南星屋」を切り盛りしているのが、主の治兵衛を始めとする親子三代だ。武士から菓子職人になった治兵衛は、かつて諸国を巡り、方々の菓子に通じている。その当時の菓子の記録をまとめた、七十二冊の菓子帳が宝物だ。治兵衛の娘のお永は出戻りである。奥ゆかしい性格だが、菓子帳に関しては驚異の記憶力を持っている。お永の娘のお君は、花嫁修業中の看板娘。平戸藩士に嫁ぐ予定だったが、訳《わけ》あって破談になってしまった。この件については、治兵衛の出生の秘密が絡んでいる。かなりとんでもない秘密なのだが、明らかにするのは控えよう。詳しく知りたい人は、『まるまるの毬』を読んでほしい。

さて、ここから『亥子ころころ』である。治兵衛の出生の秘密を巡る騒動も収まり、いつもの日常を取り戻した「南星屋」。しかし治兵衛が手に怪我《けが》を負い、いつものように菓子が作れないでいた。そんなとき、店の外で倒れている男を、お君が発見。四十前後の雲平という菓子職人だ。治兵衛ほどではないが、諸国の菓子屋を渡り歩いていたそうだ。それがなぜ、行き倒れになっていたのか。

雲平が小僧の時分、江戸の菓子屋で共に修業している、亥之吉という弟分がいた。どういう経緯か知らないが、亥之吉は今は日野家という旗本屋敷で奉公しているという。互いに手紙のやり取りをしていたが、半年前に亥之吉の便りが、ぷっつりと途絶えた。それが気になり、京の菓子屋を辞めて江戸に向かった雲平だが、小田原で護摩の灰に金を奪われ一文無しになってしまう。それでも気の急く彼は、すきっ腹を抱えたまま、番町にあるという亥之吉の奉公先を探すが、見つけることができなかった。そしてどうにもならず、「南星屋」の店の外で倒れていたのである。雲平の菓子職人の腕が確かなことを見抜いた治兵衛は、彼に店を手伝ってもらうことにする。一方で、亥之吉探しに協力。しかし雲平がもたらした新たな風が、人々の心を揺らすのだった。

冒頭の「夏ひすい」からラストの「亥子ころころ」まで、本書は全七話で構成されている。連作タッチであるが、内容は長篇といっていいだろう。たくさんの読みどころがあるので、それをひとつずつ見ていきたい。まず雲平という存在が引き起こす、人々の心の動きだ。江戸の片隅に小さな菓子屋を開いて二十五年。己の居場所に満足していた治兵衛だが、雲平の職人としての腕を知り、自分が保守的になっていたことに気づく。そして新たな手法や知識を、貪欲に吸収していくのだ。どんなにベテランになろうと、前に進むことを止めない、治兵衛の姿勢が気持ちいい。

しかし今回、もっとも心を揺らしているのは、お永であろう。かつて別の女と懇《ねんご》ろになった左官職人の修蔵と別れ、娘のお君と共に「南星屋」に戻ってきたお永。二年前に修蔵とは和解したが、まだ胸中は複雑である。そんなところに、父親の治兵衛を彷彿《ほうふつ》とさせる雲平が現れた。ふたりの男の間で、静かに揺れるお永の想いが、本書のひとつの読みどころになっているのだ。また、雲平のことを知った修蔵や、父親を許せないでいるお君たちの心も変化する。本書の中で治兵衛が、

「凪《な》いで見える暮らしにも、時々にさざ波は立つ。どんな家族でも、無地一色で済むはずはなく、さまざまな模様が刻まれる。決してきれいなばかりでなく、不格好《ぶかっこう》であったりひしゃげていたり、時には糸がこんぐらかって、機《はた》そのものが動きを止めてしまうこともある。それでも織り上がった一反は、この世にひとつしかない大切な一品となる」

と思うように、生きていれば人生にさざ波は立つ。それときちんと向き合い、よき方向へと変わっていこうとすることこそが、肝要なのであろう。

さらに亥之吉を巡る謎も見逃せない。ストーリーが進むと、日野家の隠居の基綱が急死してすぐ、亥之吉が屋敷から消えたことが分かった。茶人でもある基綱こそが亥之吉を雇った人であり、奉公が終わった後は店を持たせるという話になっていた。その基綱の急死に、何が隠されているのか。亥之吉は、どこに行ったのか。ミステリー的な手法で、作者は読者の興味を惹《ひ》きつける。そして後半、日野家の子供が「南星屋」に現れたことで、意外な事実が明らかになっていくのである。こうした読者を楽しませる展開は、さすがというしかない。

さらに、次々と出てくる「南星屋」の菓子も、注目ポイントになっている。各話のタイトルになっている「夏ひすい」「吹き寄せる雲」「つやぶくさ」「みめより」「関の戸」「竹の春」「亥子ころころ」。その他にも多数登場するが、すべての菓子が美味しそう。しかも「関の戸」が戸惑うお永の象徴になったり、「竹の春」が日野家の子供の心をほぐす役割を担ったりと、自在に活用されている。菓子がどのように扱われているか、気にかけながら読んでみるのも面白いだろう。なお作者は、インターネット

のサイト「好書好き日」にある、『まるまるの毬』のインタヴューで、

「私は甘いものがあまり食べられないんですけど、作り方の動画やレシピを見るのは好きなんです。本作のきっかけになったのは、カステラに蜜を染みこませた『カスドース』という長崎銘菓です。実際に食べたことはないんですけど、TVで見て『なんて甘そうなんだろう』という強烈なインパクトがありました。そのお菓子を知って、本作の最初の話を思いついたんです。当初は短編一作のつもりでしたが、私のようなお菓子を食べない人が和菓子屋の話を書くのも面白いかということで、ここまで続いているという感じです」

と述べている。作者が〝お菓子を食べない人〟だったというのは意外であった。だって、味の表現が、すこぶる巧《たく》みではないか。いやはや凄い。これも作家の力だと、強く称揚したいのである。

さてさて、本書を読了した人は、爽やかな後味を堪能しながら、シリーズ第三弾はどうなっているのかと思うはずだ。ご安心あれ。第三弾は『うさぎ玉ほろほろ』のタイトルでこの秋にも刊行予定とのこと。ああ、これは嬉しい。ワクワクしながら、刊

行を待とうではないか。なぜなら、いつまでも待つ価値のある、美味しいシリーズなのだから。

本書は、二〇一九年六月に小社より刊行されたものです。

|著者|西條奈加　1964年北海道生まれ。2005年『金春屋ゴメス』で第17回日本ファンタジーノベル大賞を受賞しデビュー。'12年『涅槃《ねはん》の雪』で第18回中山義秀文学賞を受賞。'15年『まるまるの毬《いが》』で第36回吉川英治文学新人賞を受賞、'21年『心淋《うらさび》し川《がわ》』で第164回直木賞を受賞した。他の作品に『曲亭の家』『六つの村を越えて髭《ひげ》をなびかせる者』など多数。

亥子《いのこ》ころころ
西條奈加《さいじょうなか》

講談社文庫
定価はカバーに
表示してあります

2022年6月15日第1刷発行

KODANSHA

発行者――鈴木章一
発行所――株式会社　講談社
東京都文京区音羽2-12-21　〒112-8001
電話　出版（03）5395-3510
　　　販売（03）5395-5817
　　　業務（03）5395-3615

デザイン―菊地信義
本文データ制作―講談社デジタル製作
印刷――凸版印刷株式会社
製本――株式会社国宝社

Printed in Japan

ISBN978-4-06-528280-9

講談社文庫刊行の辞

二十一世紀の到来を目睫に望みながら、われわれはいま、人類史上かつて例を見ない巨大な転換期をむかえようとしている。

世界も、日本も、激動の予兆に対する期待とおののきを内に蔵して、未知の時代に歩み入ろうとしている。このときにあたり、創業の人野間清治の「ナショナル・エデュケイター」への志を現代に甦らせようと意図して、われわれはここに古今の文芸作品はいうまでもなく、ひろく人文・社会・自然の諸科学から東西の名著を網羅する、新しい綜合文庫の発刊を決意した。

激動の転換期はまた断絶の時代である。われわれは戦後二十五年間の出版文化のありかたへの深い反省をこめて、この断絶の時代にあえて人間的な持続を求めようとする。いたずらに浮薄な商業主義のあだ花を追い求めることなく、長期にわたって良書に生命をあたえようとつとめるところにしか、今後の出版文化の真の繁栄はあり得ないと信じるからである。

同時にわれわれはこの綜合文庫の刊行を通じて、人文・社会・自然の諸科学が、結局人間の学にほかならないことを立証しようと願っている。かつて知識とは、「汝自身を知る」ことにつきていた。現代社会の瑣末な情報の氾濫のなかから、力強い知識の源泉を掘り起し、技術文明のただなかに、生きた人間の姿を復活させること。それこそわれわれの切なる希求である。

われわれは権威に盲従せず、俗流に媚びることなく、渾然一体となって日本の「草の根」をかたちづくる若く新しい世代の人々に、心をこめてこの新しい綜合文庫をおくり届けたい。それは知識の泉であるとともに感受性のふるさとであり、もっとも有機的に組織され、社会に開かれた万人のための大学をめざしている。大方の支援と協力を衷心より切望してやまない。

一九七一年七月

野間省一

講談社文庫 最新刊

三津田信三
魔偶《まぐう》の如き齎《もたら》すもの
若き刀城言耶《とうじようげんや》が出遭う怪事件。文庫初収録「椅人《いじん》の如き座るもの」を含む傑作中短編集！

宮城谷昌光
俠骨記〈新装版〉
軍事は二流の大国魯《ろ》の里人曹劌《そうかい》は、若き英王同《どう》に見出され――。古代中国が舞台の名短編集。

佐々木裕一
将軍の宴〈公家武者信平《のぶひら》ことはじめ㈨〉
将軍家綱の正室に放たれた刺客を、秘剣をもって退治せよ！ 人気時代小説シリーズ。

中村天風
真理のひびき〈天風哲人 新箴言註釈《しんしんげんちゅうしゃく》〉
『運命を拓く』『叡智《えいち》のひびき』に連なる人生哲学の書。中村天風のラストメッセージ！

中村ふみ
異邦の使者 南天の神々
無実の罪で捕らわれている皇妃を救うため、飛牙《ひが》と裏雲《りうん》はマニ帝国へ。天下四国外伝。

松野大介
インフォデミック〈コロナ情報氾濫〉
新型コロナウイルス報道に振り回された、この2年余を振り返る衝撃のメディア小説！

黒木渚
檸檬の棘
十四歳、私は父を殺すことに決めた――。歌手にして小説家、黒木渚《くろきなぎさ》が綴《つづ》る渾身の私小説！

本格ミステリ作家クラブ選・編
本格王2022
本格ミステリの勢いが止まらない！ 作家・評論家が厳選した年に、一度の短編傑作選。

講談社タイガ
保坂祐希
大変、大変、申し訳ありませんでした
SNS炎上、絶えぬ誹謗中傷、謝罪会見、すべて謝罪コンサルにお任せあれ！ 爽快お仕事小説。

講談社文芸文庫

藤澤清造　西村賢太 編・校訂

狼の吐息／愛憎一念

藤澤清造　負の小説集

解説・年譜＝西村賢太

貧苦と怨嗟を戯作精神で彩った作品群から歿後弟子・西村賢太が精選し、校訂を施す。新発見原稿を併せ、不屈を貫いた私小説家の〝負〟の意地の真髄を照射する。

ふN1
978-4-06-516677-2

藤澤清造　西村賢太 編

根津権現前より

藤澤清造随筆集

解説＝六角精児　年譜＝西村賢太

「歿後弟子」は、師の人生をなぞるかのようなその死の直前まで諸雑誌にあたり、編集・配列に意を用いていた。時空を超えた「魂の感応」の産物こそが本書である。

ふN2
978-4-06-528090-4

講談社文庫　目録

島田荘司　〈改訂完全版〉異邦の騎士
島田荘司　御手洗潔のメロディ
島田荘司　Ｐの密室
島田荘司　ネジ式ザゼツキー
島田荘司　都市のトパーズ2007
島田荘司　21世紀本格宣言
島田荘司　帝都衛星軌道
島田荘司　ＵＦＯ大通り
島田荘司　リベルタスの寓話
島田荘司　透明人間の納屋
島田荘司　〈改訂完全版〉占星術殺人事件
島田荘司　〈改訂完全版〉斜め屋敷の犯罪
島田荘司　星《せい》籠《ろ》の海(上)(下)
島田荘司　屋上
島田荘司　名探偵傑作短篇集　御手洗潔篇
島田荘司　〈改訂完全版〉火刑都市
島田荘司　〈改訂完全版〉暗闇坂の人喰いの木
清水義範　蕎麦《そば》ときしめん
清水義範　国語入試問題必勝法〈新装版〉

椎名　誠　にっぽん・海風魚旅〈怪し火さすらい編〉
椎名　誠　大漁旗ぶるぶる乱風編〈にっぽん・海風魚旅4〉
椎名　誠　南シナ海ドラゴン編〈にっぽん・海風魚旅5〉
椎名　誠　風のまつり
椎名　誠　ナマコ
椎名　誠　埠頭三角暗闇市場
真保裕一　取引
真保裕一　震源
真保裕一　盗聴
真保裕一　朽ちた樹々の枝の下で
真保裕一　奪取(上)(下)
真保裕一　防壁
真保裕一　密告
真保裕一　黄金の島(上)(下)
真保裕一　発火点
真保裕一　夢の工房
真保裕一　灰色の北壁
真保裕一　覇王の番人(上)(下)
真保裕一　デパートへ行こう！

真保裕一　アマルフィ〈外交官シリーズ〉
真保裕一　天使の報酬〈外交官シリーズ〉
真保裕一　アンダルシア〈外交官シリーズ〉
真保裕一　ダイスをころがせ！(上)(下)
真保裕一　天魔ゆく空(上)(下)
真保裕一　ローカル線で行こう！
真保裕一　遊園地に行こう！
真保裕一　オリンピックへ行こう！
真保裕一　連鎖〈新装版〉
篠田節子　弥勒
篠田節子　転生
篠田節子　竜と流木
重松　清　定年ゴジラ
重松　清　半パン・デイズ
重松　清　流星ワゴン
重松　清　ニッポンの単身赴任
重松　清　愛妻日記
重松　清　青春夜明け前
重松　清　カシオペアの丘で(上)(下)

講談社文庫　目録

重松　清　永遠《と》《わ》を旅する者〈ロストオデッセイ　千年の夢〉
重松　清　かあちゃん
重松　清　十字架
重松　清　峠うどん物語(上)(下)
重松　清　希望ヶ丘の人びと(上)(下)
重松　清　赤ヘル1975
重松　清　なぎさの媚薬(上)(下)
重松　清　さすらい猫ノアの伝説
重松　清　ルビィ
重松　清　どんまい
新野剛志　美しい家
新野剛志　明日の色
殊能将之　ハサミ男
殊能将之　鏡の中は日曜日
首藤瓜於　事故係生稲昇太の多感
首藤瓜於　脳男　新装版
島本理生　シルエット
島本理生　リトル・バイ・リトル
島本理生　生まれる森

島本理生　七緒のために
島本理生　夜はおしまい
小路幸也　高く遠く空へ歌ううた
小路幸也　空へ向かう花
小路幸也　原案 山田洋次 平松恵美子　家族はつらいよ
小路幸也　原作・脚本 山田洋次 脚本 平松恵美子　家族はつらいよ2
島田律子　私はもう逃げない〈自閉症の弟から教えられたこと〉
辛酸なめ子　女修行
柴崎友香　ドリーマーズ
柴崎友香　パノララ
翔田　寛　誘拐児
白石一文　この胸に深々と突き刺さる矢を抜け(上)(下)
小説現代編 石田衣良他著　10分間の官能小説集
小説現代編 勝目　梓他著　10分間の官能小説集2
小説現代編 乾くるみ他著　10分間の官能小説集3
柴村　仁　プシュケの涙
塩田武士　盤上のアルファ
塩田武士　盤上に散る
塩田武士　女神のタクト

塩田武士　ともにがんばりましょう
塩田武士　罪の声
塩田武士　氷の仮面
塩田武士　歪んだ波紋
芝村凉也　孤《こ》闘《とう》の寂《せき》〈素浪人半四郎百鬼夜行(六)〉
芝村凉也　追憶の翰《かん》〈素浪人半四郎百鬼夜行(拾遺)〉
真藤順丈　畦と銃
真藤順丈　宝島(上)(下)
柴崎竜人　三軒茶屋星座館1〈冬のオリオン〉
柴崎竜人　三軒茶屋星座館2〈夏のキグナス〉
柴崎竜人　三軒茶屋星座館3〈春のカリスト〉
柴崎竜人　三軒茶屋星座館4〈秋のアンドロメダ〉
周木　律　眼球堂の殺人〈～The Book～〉
周木　律　双孔堂の殺人〈～Double Torus～〉
周木　律　五覚堂の殺人〈～Burning Ship～〉
周木　律　伽藍堂の殺人〈～Banach-Tarski Paradox～〉
周木　律　教会堂の殺人〈～Game Theory～〉
周木　律　鏡面堂の殺人〈～Theory of Relativity～〉
周木　律　大聖堂の殺人〈～The Books～〉

講談社文庫　目録

下村敦史　闇に香る嘘
下村敦史　生還者
下村敦史　叛《はん》徒《と》
下村敦史　失踪者
下村敦史　緑の窓口〈樹木トラブル解決します〉
九把刀
阿井幸作／泉京鹿 訳　あの頃、君を追いかけた
神護かずみ　ノワールをまとう女
四戸俊成
芹沢政信　神在月のこども
篠原悠希　霊獣紀〈獲麟《かくりん》の書(上)〉
篠原悠希　霊獣紀〈獲麟《かくりん》の書(下)〉
杉本苑子　孤愁の岸(上)(下)
鈴木光司　神々のプロムナード
鈴木英治　大江戸監察医
杉本章子　お狂言師歌吉うきよ暦
杉本章子　大奥二人道成寺〈お狂言師歌吉うきよ暦〉
諏訪哲史　アサッテの人
菅野雪虫　天山の巫女《みこ》ソニン(1)　黄金の燕
菅野雪虫　天山の巫女《みこ》ソニン(2)　海の孔雀
菅野雪虫　天山の巫女《みこ》ソニン(3)　朱烏《あけがらす》の星

菅野雪虫　天山の巫女《みこ》ソニン(4)　夢の白鷺
菅野雪虫　天山の巫女《みこ》ソニン(5)　大地の翼
鈴木みき　日帰り登山のススメ〈あした、山へ行こう！〉
砂原浩太朗　いのちがけ〈加賀百万石の礎〉
ラトナ・サリ・デヴィ・スカルノ　選ばれる女におなりなさい〈デヴィ夫人の婚活論〉
瀬戸内寂聴　新寂庵説法　愛なくば
瀬戸内寂聴　人が好き［私の履歴書］
瀬戸内寂聴　白道
瀬戸内寂聴　寂聴相談室　人生道しるべ
瀬戸内寂聴　瀬戸内寂聴の源氏物語
瀬戸内寂聴　愛する能力
瀬戸内寂聴　藤壺
瀬戸内寂聴　生きることは愛すること
瀬戸内寂聴　寂聴と読む源氏物語
瀬戸内寂聴　月の輪草子
瀬戸内寂聴　新装版　寂庵説法
瀬戸内寂聴　死に支度
瀬戸内寂聴　新装版　蜜と毒
瀬戸内寂聴　新装版　花《か》怨《えん》

瀬戸内寂聴　新装版　祇《ぎ》園女御《おんにょうご》(上)(下)
瀬戸内寂聴　新装版　かの子撩乱
瀬戸内寂聴　新装版　京まんだら(上)(下)
瀬戸内寂聴　いのち
瀬戸内寂聴　花のいのち
瀬戸内寂聴　ブルーダイヤモンド〈新装版〉
瀬戸内寂聴　97歳の悩み相談
瀬戸内寂聴・訳　源氏物語　巻《まき》一《いち》
瀬戸内寂聴・訳　源氏物語　巻《まき》二《に》
瀬戸内寂聴・訳　源氏物語　巻《まき》三《さん》
瀬戸内寂聴・訳　源氏物語　巻《まき》四《し》
瀬戸内寂聴・訳　源氏物語　巻《まき》五《ご》
瀬戸内寂聴・訳　源氏物語　巻《まき》六《ろく》
瀬戸内寂聴・訳　源氏物語　巻《まき》七《しち》
瀬戸内寂聴・訳　源氏物語　巻《まき》八《はち》
瀬戸内寂聴・訳　源氏物語　巻《まき》九《く》
瀬戸内寂聴・訳　源氏物語　巻《まき》十《じゅう》
先崎　学　先崎学の実況！盤外戦
妹尾河童　少年H(上)(下)

講談社文庫　目録

講談社文庫　目録

2022年 3月15日現在